1

2

3

4

5

6

7

8

9

10

Ceylan Scott

# …uf einer Skala von 1 bis 10

Aus dem Englischen von Beate Schäfer

CHICKEN HOUSE

*Für meine Mama*

# VORHER

Die beiden Mädchen tranken seit drei Uhr, einen großen Schluck aus der Dose bei jeder Welle, die ans Flussufer krachte. Dazu Golden-Virginia-Tabak, der aussah wie verschrumpelte Würmer und beim Drehen aus dem Papier krümelte. Sie versuchten Rauchringe in die schwüle Luft zu blasen.

Schafften es aber nicht.

Kicherten.

Alles drehte sich. Vielleicht vom Alkohol, vielleicht von der Hitze.

Es war schon spät, der Himmel blassrosa wie das glatte Innere einer Muschel. Die Cider-Dosen schimmerten im Gras und die Bäume ließen, von wochenlangem Regen niedergedrückt, ihre Äste hängen. Henna-Tattoos auf den nackten Armen der Mädchen, eine schon verblassende Erinnerung an windig-wilde Festivals.

Das blonde Mädchen nahm noch einen Schluck aus der Dose.

Das andere Mädchen knüpfte eine Gänseblümchenkette, so lang wie ihre Beine. Sie warf sie in den Fluss, wo sie davontrieb wie winzige Lilien. Eine Krähe beäugte gierig einen angesengten Speckstreifen auf einer Grillschale, die irgendwer liegen gelassen hatte. Sie krächzte und ihre schwarzen Augen glänzten. Die Mädchen redeten.

Die erste deutete auf den wirbelnden Fluss, das Wasser braun und schwarz und schäumend. Die beiden lachten. Das zweite Mädchen nickte.

Die Finger der Mädchen umschlossen einander zu einem betrunkenen Griff und beim Aufstehen schwankten sie. Ihre Schuhe zogen sie sich gar nicht erst an. Vor ihnen toste das Wehr.

»Wir sind solche Idioten«, sagte das blonde Mädchen.

»Totale Idioten.«

Sie stolperten über rutschige Moosbüschel, die Unterschenkel rot vor Kälte. Die Zweige eines toten Baums standen hervor wie Knochen, und das verblichene Lila in den Haarsträhnen der Blonden wirkte wie ein Echo des Sonnenuntergangs.

»Spring, Iris«, sagte die Blonde. »Ich komm dann auch.«

# JETZT

In Lime Grove wollen sie mich als Erstes dazu bringen, über das Monster zu reden.

Dr. Flores und eine Krankenschwester versuchen kleine Schnipsel Wahrheit aus mir herauszupulen. Sie stellen hundert Fragen auf hundert verschiedene Arten, in der Hoffnung, dass mich eine davon erwischt.

Wie hat das mit dem Selbstverletzen angefangen?

Erzählst du uns, was passiert ist?

Dir ist schon klar, dass dein Verhalten nicht normal ist, oder?

Nimm unsere Hilfe an.

Du kannst dir nur selbst helfen.

Ich sage nichts. Das Monster lässt mich nicht. Die Zimmereinrichtung ist ausnahmslos in der gleichen ätzenden Farbpalette gehalten: Die rissigen Wände sind rosa, die Metallschränke grellpink, die Ledersessel mattrot, und in einer Ecke steht verloren ein fuchsiafarbener Sitzsack herum. *Therapieraum 1* behauptet das Schild an der Tür, was Blödsinn ist, weil kein Therapieraum 2 oder 3 zu sehen ist und mir das hier kein bisschen so vorkommt wie eine Therapie. Meine Jeans schmiegen sich an meine Oberschenkel, trotzdem zittern mir die Knie, und meine Haare sind fettiger als

Pommes direkt aus der Fritteuse. Um meine Lippen sprießen lauter fiese rote Pickel. Keine Ahnung warum.

Dr. Flores kritzelt etwas auf seinen Block und hält ihn dabei so, dass ich sein spirreliges Geschreibsel nicht lesen kann.

»Tut mir leid, wir müssen uns Notizen machen«, sagt er. »Das ist Vorschrift.«

Dr. Flores ist zwar schlaksig, an den entscheidenden Stellen aber doch zu kurz geraten. Er kaut auf der Kappe seines Stifts herum wie auf Kaugummi und trägt einen Anzug mit Weste, dazu ein lila gestreiftes Hemd und eine Krawatte mit dem Periodensystem, genau beim Helium zu einem perfekten Knoten gebunden. Seine zerschrammte Brille hat einen dicken Rand und vor lauter Haargel sieht er aus wie ein Igel. Ich habe den Eindruck, er kann mich nicht leiden, aber vielleicht ist es so leichter für ihn. Er mag mich nicht, ich mag ihn nicht, Abstand zum Patienten.

Die Krankenschwester riecht nach Anfängerin. Ihre blaue Uniform ist neu und hat Knickfalten, ihr Lächeln wirkt wie aus Ton zurechtgeknetet.

»Lass uns mal nachdenken, wie's dir gegangen ist, als –«

»Wann kann ich nach Hause?« Meine Stimme klingt brüchiger als mir lieb ist.

»Du musst zur Einschätzung hierbleiben.«

»Was gibt's denn da einzuschätzen?«

Dr. Flores betrachtet den Verband an meinem Arm, das kleine runde Pflaster über dem Einstich der Kanüle, den Bluterguss an meinem Hals, der wie dunkler Wein aussieht. Jetzt ist er derjenige, der nicht antwortet.

»Was ist mit Iris passiert?«, fragt er stattdessen.

Nach einer Stunde hört er auf zu fragen.

Wenn du wirklich alles erfahren willst, sollte ich wohl als Erstes erzählen, dass ich im Paradies aufgewachsen bin und dieses Paradies ruiniert wurde durch den Umzug in die Stadt, mit ihren Abgasen und Autos, mit den vielen Leuten und den endlosen Reihen von identischen Backsteinhäusern, mit diesem drückenden grauen Himmel. Aber daran kann ich mich kaum noch erinnern und das ist auch nicht der Grund für meinen Wahnsinn.

Ich werde einen nur schwach von LED-Röhren beleuchteten Korridor entlanggeführt, mit nummerierten Türen auf beiden Seiten. Manche sind bunt beklebt, mit Namensschildern und BETRETEN-VERBOTEN-Postern. Vor einer Tür mit der Nummer 4 bleiben wir stehen. Über der Zahl ist ein kleines Fenster. Drinnen gibt es ein Bett mit blassgrüner Decke, einen kratzigen dunkelblauen Teppichboden, kahle Wände, einen Schrank und einen Stuhl. Das Zimmer ist weiß getüncht, nur eine Wand lindgrün. Wie kommt jemand auf lindgrün? Über dem Bett ein Whiteboard mit Stiften. Vielleicht denken die, ich schreibe alles auf, was passiert ist. Ich stelle es mir in Blutrot vor, und über meinem Kissen ein Grabstein.

Zwei andere blaue Krankenschwestern sehen zu, wie ich mich bis auf die Unterwäsche ausziehe, dann scannen sie meinen Körper mit Metalldetektoren, meine Würde ist ihnen vollkommen egal. Sie bohren ihre Wurstfinger ins BH-Polster, dann kippen sie den Inhalt meiner Tasche auf

Metalltabletts und setzen sich auf mein Bett. Jedenfalls kann ich es wohl mein Bett nennen. Kulis sind verboten. Zu spitz. Keine Kulis, kein Make-up, kein Parfüm, keine Klamotten mit Kordelzug, keine Schnürsenkel – alles verboten. Ich spüre ihre Blicke auf meinen Armen: Narbengewebe, Linien kreuz und quer, glänzend und rot, dazu ein paar frische Schnitte. Sie lassen mich mit einer Handvoll beschissener Zeitschriften und einer übersehenen Zigarettenkippe im Zimmer zurück.

In Unterwäsche schlüpfe ich ins Bett. Eine der Schwestern sitzt an der offenen Tür und liest in einer Illustrierten. Einszu-eins-Betreuung – eine nette Umschreibung für Suizidwache. Man wird mich nicht allein lassen.

Ich starre auf das rote Licht an der Decke und höre der Krankenschwester beim Umblättern zu.

Ich kann mich nicht an die Bettlaken gewöhnen, sie sind so glatt und rutschig. Die Vorhänge, mit Magneten befestigt, bewegen sich leise, obwohl gar kein Luftzug da ist, und das grüne Licht im Korridor erinnert mich die ganze Zeit daran, dass ich in einem Krankenhaus bin. Im Büro nebenan die Pfleger, ein dauerndes Rein und Raus, und jedes Mal dieses Wischen und Piepsen, wenn die Karte durchgezogen wird. Fernes Rauschen einer Autobahn. Sirenen. Das Husten der Schwester an der Tür. Das Klappern von Teebechern. Verpackungen, die aufgerissen werden. Leise Gespräche.

Regentropfen kratzen am Fenster und Iris ist überall. Ich sehe sie in den wehenden Vorhängen. Ich höre sie im Regen, und wenn ich die Augen schließe, spüre ich ihren Atem an meinem Hals, ihre Arme auf meinen Rücken, ihre Hände um meine Kehle. Ihre Fingernägel graben sich in meine Handflächen. Ich stolpere aus dem Bett, während Iris meine Knöchel umklammert, und die Schwester gibt mir zwei längliche Schlaftabletten. Ich schaffe es, Iris abzuschütteln, bis der Sturm sich legt und ein neuer Tag beginnt.

Grelles Licht weckt mich. Auf dem Stuhl sitzt eine neue Krankenschwester.

Sie ist klein und pummelig und ihre dunkelrot gefärbten Haare sind gnadenlos geglättet. Erst mal bleibe ich in meinem Kokon und beobachte sie eine Weile, während sie still in ihrem Klatsch-Magazin blättert. Neben ihr liegt ein Klemmbrett mit einem Beobachtungsbogen.

Ich setze mich auf. Sie schaut mich an.

»Guten Morgen«, sagt sie penetrant fröhlich. »Ich bin Emma.« Sie hat einen leichten Akzent, schottisch vielleicht.

Ich lächle irgendwie verquer. So bin ich eben, verquer. Für mein Gefühl ist alles, was ich tue, irgendwie verquer. Sogar das Wort selbst.

Okay, Emma sitzt also auf ihrem abgewetzten Krankenkassenstuhl und ich auf meinem Bett. Sie fragt mich, ob ich duschen will.

»Meinetwegen«, antworte ich lahm. Das klingt unentschieden, dabei wollte ich schon dringend duschen, bevor ich überhaupt hier angekommen bin.

»Du musst den Verband abdecken, der darf nicht nass werden. Wir haben hier solche wasserdichten Ärmel.« Sie holt ein Kunststoffteil aus dem Schrank und gibt es mir. Das Ding riecht nach Gummi.

Draußen im Korridor folge ich einem Schild zum nächsten Waschraum.

»Nein, nicht den«, ruft Emma hinter mir her. »Da funktioniert das kalte Wasser nicht. Das ist zu gefährlich, am Ende verbrennst du dich noch. Und der auf der anderen Seite taugt auch nichts, da ist die Dusche kaputt.«

Ich folge Emma zu einem Waschraum ganz am Ende des Korridors. »Tut mir leid, aber im Moment funktioniert wirklich nur der.« Sie kichert.

»Okay, danke.«

Emma rührt sich nicht vom Fleck. Na super, sie will dabeibleiben.

»Ignorier mich einfach«, sagt sie und kommt mit in die Kabine. »Ich kenn das doch alles.«

Beim Ausziehen verstecke ich mich so gut wie möglich hinter dem serviettengroßen Billighandtuch. Das Unterhemd muss ich mir also mit einer Hand ausziehen. Wie soll das gehen, sie ignorieren? Sie ist da, steht direkt vor mir und betrachtet meinen nackten Körper ganz genau, auch wenn sie so tut, als würde sie wegschauen. Ich könnte ja auf die Idee kommen, mich in der Kloschüssel zu ertränken. Sie muss immer wachsam sein, klar.

Stotternd geht die Dusche an. Ich greife nach dem Duschvorhang.

»Tut mir leid, den darfst du nicht zumachen.«

Ich drehe mich zur Wand, ein letzter Versuch, meine Würde zu wahren. Während ich mich unter dem schwachen Duschstrahl einseife, ist mir mein Körper unangenehm bewusst. Ich spüre jeden Wassertropfen auf meiner Haut.

Meine Nerven sind jetzt wach, alles an mir scheint unter Strom zu stehen. Ich betrachte mich, will wissen, ob ich Funken sprühe. Tue ich natürlich nicht. Wie komme ich bloß auf so eine blöde Idee?

Es gibt hier keine Wasserhähne; nur so eine Art Schalter am Waschbecken und in der Dusche. Auch eine Klobrille fehlt, keine Ahnung warum. Die überschätzen meine Fähigkeiten, mir etwas anzutun. Mit einer Klobrille wüsste ich echt nichts anzufangen.

Ich wasche mich halbherzig, ohne mich umzudrehen und Emma anzuschauen. Vielleicht lacht sie ja über meinen widerlichen Körper, das will ich lieber nicht mitkriegen. Die Dusche geht von selbst aus, dabei habe ich noch Shampoo im Gesicht. Mit geschlossenen Augen und seifigen Händen taste ich die Wand ab, bis ich den verdammten Schalter finde. Falls Emma noch nicht über mich gelacht hat, tut sie es jetzt garantiert. Schaum glitscht über meine Schultern, verschwindet im Abfluss. Die kalte Luft erwischt mich und ich greife nach dem Handtuch, hoffe, dass es wenigstens wärmt. Aber natürlich ist das Ding auch dafür zu klein. Unter dem Kunststoffärmel hat sich Kondenswasser gebildet, auf meinem Arm sind lauter Tröpfchen. Ein Krankenpfleger geht an der offenen Waschraumtür vorbei. Mit dem fetten Schlüsselbund an seiner Hüfte sieht er wie ein Gefängniswärter aus.

Hektisch ziehe ich mich an; der Reißverschluss meiner Jeans schabt über meine Oberschenkel. Jemand ruft einem Patienten zu, er soll seine Tabletten nehmen.

»Ich schlafe«, antwortet der Junge genervt. »Das mach ich später.«

Emma führt mich den Korridor entlang, vorbei an einer Tür mit der Aufschrift *Behandlungszimmer*. Davor stehen ein paar Leute an: zwei Jungen und ein Mädchen in einem Micky-Maus-Einteiler mit Kapuze, die sie sich über den Kopf gezogen hat. Eine Krankenschwester verteilt kleine Becher. Sie beobachtet jeden Patienten beim Runterschlucken der Tabletten und lässt sie hinterher zur Kontrolle den Mund aufmachen und die Zunge rausstrecken.

Emma quasselt ununterbrochen und verbreitet gute Laune. Sie redet über ihre drei Hunde, die Sofaverbot haben, über den Apfelbaum in ihrem Garten, den attraktiven Handwerker, der bei ihr irgendwas renoviert … Ich nicke und grinse und tue, als wäre ich nicht lieber tot.

Am Ende landen wir in einer Art Aufenthaltsraum. Aus den Haaren läuft mir ein Rinnsal Wasser den Rücken runter. Ein Krankenpfleger in Blau hockt auf einem Sitzsack in einer Ecke, die Augen auf einen Flachbildfernseher geheftet, wo eine Talkshow läuft. Über dem Bildschirm ist eine durchsichtige Platte. Der Pfleger winkt lässig in meine Richtung und pfeift *Don't worry, be happy*. Still hocke ich mich auf die Kante des erstbesten Sofas; es ist das kleinste im Raum. Es fällt mir schwer, die ängstliche Unruhe in meinem Bauch zu ignorieren. Sie strahlt aus in meine Brust und meine Beine, auch in die Knöchel und Füße. Meine Waden kribbeln. Emma setzt sich neben mich.

»Will, die Aushilfsschwester will mir kein Paracetamol geben. Angeblich hat Dr. Flores keins aufgeschrieben.« Das Mädchen in dem Micky-Maus-Einteiler kommt ins Zimmer gestürmt.

»Und was soll ich deiner Meinung nach tun, Alice?«, flötet der Pfleger auf dem Sitzsack, der also Will heißt.

»Ich hab so schlimme Kopfschmerzen … Bitte …«, sagt Alice.

»Tut mir leid, da kann ich nichts machen.« Seine Antwort klingt allerdings kein bisschen mitleidig. »Red mit Dr. Flores, wenn er kommt.«

»Na gut«, knurrt sie und verschwindet mit genauso viel Dramatik, wie sie reingekommen ist. Mich bemerkt sie nicht, ich bin einfach zu erbärmlich. In meinen Adern pocht Bedauern, ich bereue jeden saudummen Fehler, der mich in diese Klinik gebracht hat. Hier kann ich nicht bleiben.

»So gegen acht gehen wir immer runter zum Frühstücken.« Emma will mich in ein Gespräch verwickeln.

Aber in meinem Kopf ist für solche Banalitäten kein Platz. Ich kann nicht an einem Ort bleiben, wo mir dauernd jemand hinterhergeht, wo es Metalldetektoren gibt und Fenster in den Türen, wo ich beobachtet werde, als ob ich ein Zootier wäre. Ich passe nicht hierher. Also nicke ich bloß und starre auf die Wanduhr, obwohl ich nicht wirklich erkennen kann, wie spät es ist. Mein Hirn ist müde und tut weh, zu wenig Schlaf und zu viele Gedanken. Sieht aus wie halb fünf, aber das kann nicht sein.

Die Zeiger wandern weiter und immer mehr Leute tauchen auf.

»Alice, komm her und stell dich vor«, sagt Emma zu dem Micky-Maus-Mädchen.

»Hi.« Brav setzt Alice sich neben mich aufs Sofa.

»Das ist Tamar.«

»Ich heiße Tamar«, wiederhole ich. Wie kann man nur so blöd sein? Ich kenne Alice keine sieben Sekunden und habe mich schon zum Deppen gemacht.

»Das ist ein schöner Name«, sagt sie.

»Danke.«

Das Gespräch stockt. Sie lächelt wieder und zupft an ihren Fingernägeln herum. Sogar Fingernägel sind interessanter als ich.

Eine Schwester mit verschmiertem Lidstrich taucht in der Tür auf. Das Schminken hat sie anscheinend auf YouTube gelernt. »Kommt runter«, sagt sie. »Frühstück ist fertig.«

Der Essensraum ist zweigeteilt. In der einen Hälfte stehen blaue Plastiktische, in der andern ein ramponierter Billardtisch und ein paar weinrote Stühle. Alle Esstische haben Namen, erklärt mir Emma – sie heißen Rubin, Saphir, Smaragd, Diamant. Wir Patienten sind also Edelsteine. Ich soll mich an den Rubin-Tisch setzen; da kommen die Leute hin, die »mehr Unterstützung« brauchen, wie Emma es ausdrückt. Ich warte, bis die anderen anfangen, und beobachte, wie viel sie essen und wie schnell. Wie sie kaue ich jeden Bissen Toast mindestens zwanzig Mal.

Insgesamt gibt es zwölf Jugendliche und sechs Pflegekräfte. Neben mir sitzt ein Junge in einem schlabberigen Batman-T-Shirt. Er wirkt furchtbar müde, auch wenn er keine roten Augen hat. Es liegt mehr an seinen schwerfälligen Bewegungen. Seine Arme und Beine scheinen wie aus Blei zu sein und sein Kinn sinkt dauernd auf seine Brust, als wäre es einfach zu anstrengend, den Kopf oben zu halten.

Seine Lippen sind trocken und rissig, er sollte mehr Wasser trinken. Aber vielleicht trinkt er nur Apfelsaft. Jedenfalls gießt er sich gerade unsicher welchen ein. Seine Finger sind voll Schorf, von den Knöcheln bis hoch zu den Nägeln, die Krusten sind dunkel und rissig. Er streicht Butter auf seinen Toast, isst ihn aber nicht. Stattdessen trinkt er zwei Becher von dem klaren, hellen Apfelsaft und löffelt eine Portionspackung Marmelade aus.

Alice sitzt mir kauend gegenüber. Sie hat ihren Toast in acht kleine Stücke geschnitten.

Das Mädchen neben ihr hat sich zusammengekringelt wie eine ängstliche Raupe. Sie hält ein zerknittertes Blatt Papier mit buntem Gekritzel hoch. Ich entziffere *Harper*. Heißt sie so? Der Name passt nicht zu ihr. Das klingt wie Harfe, und Harfen sind große, schwere Dinger, die man unmöglich bewegen kann. Sie wäre auch dann noch winzig, wenn sie nicht so abgemagert wäre. Die Brille in ihrem Gesicht sieht deplatziert aus. Ihre Wangenknochen stehen vor und ihre Augen wirken riesig. Ich muss an ein Insekt denken, an eine Schmeißfliege. Sie berührt ihren Löffel und zuckt zurück, als hätte sie sich verbrannt.

Will und die verschmierte Schwester frühstücken bei uns am Tisch. Sie tun so, als würde es sie nicht im Geringsten interessieren, wie viel, was und wie wir essen, aber das nimmt ihnen keiner ab. Wozu wären sie sonst hier? Immer wenn sie ihre Teller leer gegessen haben, wird etwas Neues aufgetischt: Müsli, Joghurt, Saft. Alice vertilgt alles, fast feierlich und mit versonnenem Blick. Bis die Milch auf den Tisch kommt.

»Das trink ich nicht«, erklärt sie kategorisch. »Das ist widerlich.«

»Musst du aber«, sagt Will. »Kipp den ganzen Becher auf einmal runter, dann ist es vorbei, bevor du es richtig merkst.«

Ich kratze Margarine auf meinen Toast und bin gespannt auf den Streit, der sich hier zusammenbraut.

»Mit Zucker geht es am besten.« Die Aushilfsschwester reißt zwei Zuckerpackungen auf und schüttet sie in den Becher. »Ich finde ja, das ist überhaupt der einzige Weg.«

»Im Müsli war schon Milch, da trink ich nicht noch welche«, protestiert Alice.

»Schluss mit der Debatte«, sagt Emma vom anderen Raumende her. »Die Milch muss sein.«

»Ich trink diese verdammte Scheiße aber nicht!«, schreit Alice auf einmal, fegt mit einer hektischen Bewegung den Becher vom Tisch und steht abrupt auf.

»Reichst du mir mal die Milch?«, bittet Emma den Jungen im Batman-T-Shirt, und zwar vollkommen unironisch. Sie gießt ein bisschen davon in ihren Tee und rührt um.

»Setz dich, Alice«, sagt Will und steht selbst auf.

»Nein.« Alice stürmt zur Tür, doch die verschmierte Schwester ist vor ihr da und lässt sie nicht durch.

»Weg da!«, brüllt Alice. »Ihr könnt mich nicht zwingen. Verpiss dich, du Schlampe!«

»Nicht in diesem Ton«, sagt die Schwester, aber das ist auch schon alles.

Der Batman-Junge kratzt weiter an seinen Marmeladeresten herum, er findet das hier wohl vollkommen normal. Ich wünsche mir, dass es das nicht ist, habe aber wenig Hoffnung. Alice kreischt und will nach der Türklinke greifen, während Will sie festhält.

»Lass mich los! Hau ab!«

»Beruhig dich, Alice.« Will versucht ihre Arme hinter ihrem Rücken zusammenzuhalten. »Beruhig dich.«

»Verpisst euch, ihr Arschlöcher, mit eurer verfickten Milch!«

*Vergossene Milch ist kein Grund zu weinen*, denke ich. Auf dem Boden ist eine weiße Pfütze.

Ich halte das nicht aus. Was tue ich bloß hier?

Nach dem Frühstück verschwinden fast alle, die hier in Behandlung sind, im Therapieraum zur »Psychoedukation«. Darunter kann ich mir nichts vorstellen, aber ich darf sowieso nicht mit. Ich sitze auf einem weinroten Stuhl, bis Alice zurückgebracht wird – sie ist jetzt ruhiger. Auf einmal kreuzt ein Junge mit Stricknadeln und einem Wollknäuel auf. Er setzt sich neben mich, sieht mich aber nicht an.

»Wo warst du denn beim Frühstück?«, frage ich nach einer Weile. Ich habe ihn am Morgen noch nirgends gesehen.

»Im Bett«, sagt er. »Ich bin ein krasser Kellogg's-Gegner.« Die Stunde, die er länger im Bett geblieben ist, hat er wohl für dieses Wortspiel gebraucht.

Er strickt los, mit aggressiven Bewegungen, wedelt mit den Armen und zappelt mit den Fingern. Vielleicht ist er schon zu lange weggesperrt und hat die ganze Zeit gestrickt. Er ist blass und unter seiner durchscheinenden Haut sieht man ein Netz blauer Adern. Die Ellbogenknochen stehen in einem unnatürlichen Winkel heraus. Seine zerzausten Haare sind fast schwarz, was seine Haut noch heller wirken lässt. Ich sehe ihm zu, wie er seine mageren Beine in den blauen Polyester-Jogginghosen wippen lässt. Seine grauen Augen lassen das Strickzeug nicht aus dem Blick und glänzen geradezu zwanghaft. Ich bin mir nicht sicher, ob ich ihn mag.

»Jasper ist berüchtigt«, meldet sich Alice von der anderen Zimmerseite. »Die wecken ihn extra schon um sechs, trotzdem schafft er's, das Frühstück ausfallen zu lassen.« Ihre Stimme klingt bitter, bestimmt würde sie das auch gern.

»Ich esse eben keine Cornflakes«, erklärt Jasper lässig. »Die bekommen mir nicht.«

»Zuckerwatte bekommt ihm auch nicht, nur damit du's weißt. Das ist wie Perücke mit Geschmack, sagt er. Erinnert ihn angeblich an seine Oma und hat mit dem Zuckergehalt nicht das Geringste zu tun.«

»Wenn du die Haare von meiner Oma kennen würdest, fändest du Zuckerwatte auch widerlich.« Er macht Kotzgeräusche.

»Du Idiot«, sagt Alice. »Aber sag mal, Tamar, müssen wir dich wirklich so nennen? Du hast doch bestimmt einen Spitznamen.«

»Was ist denn verkehrt an dem Namen?«, fragt Jasper patzig. »Entschuldige, dass meine Freundin so furchtbar unhöflich ist«, ergänzt er an mich gewandt, aber das ist wohl sarkastisch gemeint.

»Ihr könnt mich Tay nennen. Tay, Tamar, wie ihr wollt. Mir egal.«

»Cool, also dann, Tay, hast du schon alle kennengelernt?«, sagt Alice. »Der kleine Will – das ist der mit der Marmelade – ist am längsten hier, schon bald ein Jahr. Er ist total nett, aber er versteht einfach nicht, wie man hier Spaß haben kann.«

»Er hat eine Psychose«, erklärt mir Jasper. »Vor ein paar Wochen haben sie seine Medikamente umgestellt, da war er total von der Rolle. Hat Tag und Nacht über Gott weiß was rumsalbadert, zu den unmöglichsten Zeiten.«

»Luis«, wirft Alice ein. »Luis ist einfach super.«

»Mehr gibt's nicht zu sagen über Luis«, sagt Jasper. »Den hast du nämlich verpasst. Er war in deinem Zimmer und ist vor ein paar Tagen entlassen worden. Luis ist so verdammt normal, dass wir neben ihm gleich noch verrückter wirken.«

»Bloß war sein linkes Bein gelähmt«, sagt Alice. »Der hatte irgendwie emotionalen Stress. Das hat sich bei ihm körperlich ausgewirkt, in Wirklichkeit war er gar nicht gelähmt. Ich hab nur vergessen, wie das heißt. Ziemlich sonderbar, das Ganze.«

»Alice …«, warnt die verschmierte Schwester.

»Fehlen noch wir.« Jasper dreht sich zu Alice.

»Die Essgestörten.« Alice hebt beide Daumen. »Drei von uns sind die Woche entlassen worden, also sind wir nur noch zu dritt. Aber Harper sagt ja nichts, also zählt sie nicht so richtig.«

»Und warum bist du hier?«, fragt mich Jasper.

»Ich …«

»Nein, sag's nicht! Lass uns raten.«

»Du hast Eins-zu-eins, also bist du anscheinend echt gefährlich …«, fängt Alice an. »Ich schätze, du bist paranoid. Du konntest keinen Sinn im Leben finden, also hast du Drogen eingeworfen. Irgendwann warst du so high, dass dich die Polizei geschnappt hat, und dann gleich ab in die Klapse, ohne Rückfahrkarte.«

»Schwachsinn«, sagt Jasper. »Die ist doch nicht paranoid. Stimmt's, Tamar? Ich denk mal, sie ist einfach grauenhaft unsicher, und um das zu verstecken, spielt sie die Psychopathin.«

Wie charmant.

Aber da ist was dran. Ich bin schuld am Tod von Iris, also passt das mit der Psychopathin.

Die verschmierte Schwester rutscht nervös auf ihrem Stuhl herum. Sie macht den Mund auf, will etwas sagen, ein paar Sekunden lang hängt ihr Unterkiefer einfach nach unten. Dann klappt sie ihn wieder zu und vertieft sich in ihre Zeitschrift.

»Also, wer ist näher dran?«

»Ach, ich …« Ich weiß nicht, wie ich anfangen soll. Warum bin ich hier? Weil ich eine Mörderin bin. *Hallo, ich bin Tamar und habe ein Mädchen getötet. Nett, euch kennenzulernen.* Wollen die das wirklich hören?

»Ich hatte eine Art Zusammenbruch. Ich … ich hab versucht mich umzubringen.«

»Willkommen im Klub.« Alice will mir die Hand schütteln, als könnte man stolz darauf sein. »Wie hast du's gemacht?«

Die Schwester schaut wieder von ihrer Zeitschrift hoch.

»Das ist wohl kaum ein passendes Gesprächsthema, Alice. Redet lieber über was anderes.«

Alice verdreht die Augen. »Echt schräg, oder? Dass das Thema ausgerechnet in der Psychiatrie verboten ist. Wir dürfen nicht mal Galgenmännchen spielen.« Sie steht auf und schlendert aus dem Zimmer.

Jasper wippt wieder mit den Beinen.

»Lass das, Jasper«, sagt die Schwester.

»Was denn?« Seine Entrüstung klingt gespielt und er hört tatsächlich auf. »Wie lange muss ich noch?«

»Eine Viertelstunde, dann kannst du gehen.«

»Herrgott noch mal.« Er greift nach dem halb fertigen Schal. »Für wen soll das Ding überhaupt sein?« Ohne die Antwort der Schwester abzuwarten, fängt er an zu stricken und baumelt dabei doch wieder ein bisschen mit den Beinen.

»Welche Regeln gelten fürs Rauchen?«, frage ich. Mir ist eingefallen, was der Grund für meine Unruhe sein könnte: Ich habe seit Tagen nicht mehr geraucht, habe es einfach vergessen. Bin ich überhaupt eine Raucherin?

»Verboten«, sagt Jasper. »Eine von den heiligen Regeln. Heute hast du keine Chance, da passen alle auf. Aber probier es mal später. Die Schwestern wechseln ständig, vielleicht hast du Glück und findest eine, die keinen Plan hat und dich lässt.«

Ich wüsste gern, was von mir erwartet wird. Soll ich aufstehen und irgendwas tun? Aber es gibt nichts zu tun und ich kann auch nicht weg. Die Milch auf dem Boden ist immer noch da und erinnert mich daran, wie Alice beim Frühstück ausgerastet ist. Wobei ihr das nichts genützt hat. Die haben immer neue Milch gebracht und am Schluss musste sie doch welche trinken, sogar mehr als ursprünglich vorgesehen.

Jasper strickt weiter und zappelt dabei mit den Beinen.

# VORHER

An dem Abend, nachdem wir am Wehr waren, hat die Mutter von Iris meinen Dad angerufen, die beiden haben eine ganze Weile miteinander geredet. Ich weiß nicht genau, was. Danach kam Dad in mein Zimmer und setzte sich ans Ende meiner gepunkteten Bettdecke.

Ich glotzte in mein Biologiebuch, als wäre ich total vertieft. Dabei war ich immer noch ein bisschen betrunken.

»Tamar, ich hab eben mit der Mutter von Iris telefoniert. Iris ist nicht nach Hause gekommen, sie macht sich große Sorgen. Hat Iris dir was gesagt? Wollte sie irgendwo hin? Oder war sie vielleicht noch mit andern verabredet?«

»Nein«, sagte ich und hob den Kopf. »Sie wollte mit dem Bus um Viertel nach acht fahren, hat sie gesagt. Als ich los bin, war es schon kurz nach. Wenn sie den Bus nicht genommen hat, weiß ich echt nicht, wo sie hin ist. Tut mir leid. Ich schreib ihr eine SMS.«

Und das habe ich auch gemacht. Ich habe gefragt, ob alles okay ist, und ihr drei Küsse geschickt.

Später am Abend kam Dad noch mal in mein Zimmer. Er wollte wissen, ob mit mir alles in Ordnung wäre. Sonst würde ich mich doch nicht so lange allein hier oben vergraben, meinte er. Danke, mit mir sei alles bestens, sagte ich. Er ging wieder, aber nach ein paar Minuten kam er mit einem Becher Tee zurück. Tee, das Allheilmittel.

»Hat Iris geantwortet?« Ich schüttelte den Kopf. Er zögerte, aber dann sagte er: »Ihre Mutter glaubt, sie sollte jetzt die Polizei einschalten.«

»Was?« Das Blut schoss mir so schnell in den Kopf, als hätte mich jemand an den Füßen aufgehängt. »Wieso die Polizei? Sie ist doch nicht, ich meine, glaubst du etwa, dass sie …«

Dad ließ sich nie aus der Fassung bringen. Er küsste mich auf die Stirn und ging, den restlichen Abend sah ich ihn nicht mehr.

Ich dachte, die Polizei würde gleich kommen. Sie würden die Schuld unter meinen gesenkten Lidern sehen, mir Handschellen anlegen und mich ins Gefängnis abtransportieren, weil ich durch und durch böse war. Aber so war es nicht. Sie kamen erst am späten Nachmittag des nächsten Tags – ein Mann und eine Frau mit einem blonden Bob. Erst redete Dad mit ihnen und bot ihnen Tee an. Sie wollten lieber Wasser, das weiß ich noch. Ich saß unten auf der Treppe, hörte das Gemurmel hinter der halb geöffneten Wohnzimmertür und beobachtete das Zucken des Sekundenzeigers auf der Uhr im Hausflur. In meinem Schädel dröhnte ein dumpfer Katerkopfschmerz.

*Vor nicht mal vierundzwanzig Stunden waren wir noch am Wehr und haben getrunken.*

Unser Wohnzimmer sah damals anders aus als heute. Wir hatten noch das cremefarbene Ledersofa, das es schon zu meinen Babyzeiten gegeben hatte. Eine Zeit lang wollten meine Eltern fast nur Sachen aus Leder. Das lässt sich leichter abwischen, wenn so ein Baby dauernd spuckt. Der Boden war aus hellem Holz, aber die Dielen waren nicht abgeschliffen, also zog man sich jedes Mal Holzsplitter ein, wenn man mit nackten Füßen drüberlief. Auf dem Kaminsims standen neben Kerzenständern und Familienfotos lauter Porzellantierchen: eine zusammengerollte rote Katze, ein Seehund, eine gelbbraune Eule mit abgebrochenem Schnabel.

Die Polizistin hieß, glaube ich, Kerri. Keine Ahnung, wie ihr Name geschrieben wird; man kann Kerri auf so viele verschiedene Arten schreiben. Sie nannte mich »Liebling« und redete mit mir, als wäre ich vier Jahre alt. Es war ihnen furchtbar wichtig, mir klarzumachen, dass ich nichts zu befürchten hatte. *Keine Angst, wir werfen dir nichts vor.* Ha! Sie wären nur hier, sagten sie, um mich ein paar Sachen zu fragen, vielleicht könnte ich ihnen helfen, es würde nicht lange dauern.

»Tamar, stell dir mal vor, du wärst Iris. Wo könntest du hingegangen sein? Wer ist dir am nächsten?«

Der Polizist – ich glaube, er hieß Philip – fragte: »Vielleicht zu einer von euren Schulfreundinnen?« Philip hatte lauter Tattoos, auf den Armen und auch am Hals bis hoch zu den Bartstoppeln. Das sah echt tough aus, bis einem auffiel, dass das alles bloß Fische waren und dazu ein Delfin.

»Weiß nicht«, sagte ich. »Sie hat nur gesagt, dass sie den Bus nehmen will, sonst nichts. Ich bin gegangen, weil sie meinte, sie müsste sowieso bald los. Sonst hätte ich mit ihr gewartet. Ich hätte warten sollen, tut mir leid.«

»Dir muss nichts leidtun, Liebling. War Iris betrunken?«

»Ein bisschen. Aber sie konnte noch laufen.«

»Sie konnte noch laufen? Ist ihr das leichtgefallen?«

»Ein bisschen wacklig war sie schon, genau wie ich. Ich kann mich echt nicht erinnern, ich bin so geschockt.«

»Das verstehen wir, Liebling.«

Aber in Wahrheit verstanden sie nichts. Schon gar nicht das, was mich so fertigmachte: dass ich zu einer Mörderin geworden war, dass ich so blutrünstig und böse war wie Jack the Ripper. Ich war nicht geschockt wegen Iris. Ich war geschockt wegen mir. Die Polizisten fragten immer weiter und ich antwortete immer weiter. Nach einer Weile gingen sie, die Wassergläser unberührt auf dem Sideboard. Bestimmt würde Iris wieder auftauchen, sagten sie, keine Sorge.

Sie fanden ihre Leiche eine halbe Meile den Fluss runter, wo er sich durch die Ausläufer der Stadt windet. Schwarz und ölverschmiert, vom Wasser auf den stinkenden Schlamm der Uferböschung geworfen, zwischen zerbrochenen Bierflaschen und schlaffen Luftballons. Die Schatten der Lagerhäuser rundherum ließen das trübe Wasser noch viel finsterer wirken. Ihr Körper war aufgequollen, zerdrückt und voller Wunden, ihre roten Haare hatten sich in den herabhängenden Zweigen verfangen. Die Möwen pickten schon an ihrer Leiche, kreischten und zankten sich. Dadurch wurde sie überhaupt erst gefunden: weil sich keiner erklären konnte, warum da auf einmal so viele aufgeregte Vögel waren.

*Das ist nicht deine Schuld, Tamar.*
*Steiger dich da nicht rein.*
*Iris hat das entschieden, so schlimm es ist.*
*Du bist nicht verantwortlich.*
*Das war ein Unfall.*
*Keiner wirft dir was vor.*

# JETZT

In der Psychiatrie kriecht die Zeit. Manchmal wirkt es, als ob sie stehen bleibt. Sogar die Tränen fließen langsamer. Ein Tag wie der andere, alles Leben eingesaugt von weiß getünchten Wänden, Tiefkühl-Mahlzeiten und Risperidon. Ich sitze da und glotze in den Fernseher, stundenlang, tagelang, und wenn ich auf die Wanduhr schaue, rückt der Sekundenzeiger triumphierend auf die Zwölf: Es ist gerade mal eine Minute vorbei. Dann wieder der Fernseher und alles von vorne. Jemand rastet aus und wird fixiert. Die Stimmung ruiniert. Wenigstens nicht ich. Wieder der Fernseher. Essen. Eine blöde Show nach der anderen und wieder von vorn. Tickt die Uhr überhaupt? Eine Runde Fernsehen nur für Erwachsene. Wie lang? Sagen wir mal: sechs Runden des Sekundenzeigers. Dann erklärt Louise, die Sendung wäre »unangemessen«, und macht Schluss. Ins Zimmer gehen, versuchen zu schlafen. Scheitern. Zurück in den Aufenthaltsraum und zum Fernseher. Umschalten auf ein nicht ganz so »unangemessenes« Programm. Mitkriegen, wie Alice zum dritten Mal am Tag mit dem Pflegepersonal herumzetert wegen der kaputten Duschen. Harper, die sich die Nägel lackiert, in wilder Konzentration. Eine Runde Trivial Pursuit mit dem kleinen Will, bis die Wirkung der Pillen einsetzt und sein Blick glasig wird. Er weiß die Antwort auf jede Frage. Piepen im Stationszimmer. Irgendwas rattert aus dem Drucker in der Ecke. Vielleicht Notizen über Tamar, die neue Patientin, Tamar, eine durch und durch böse Person. Die Uhr rückt vor auf zehn Uhr abends. Wieder lege ich mich hin. Ich bin nicht mehr auf Eins-zu-eins, immerhin etwas.

Dr. Flores lässt nicht locker, er will mich unbedingt zum Reden bringen. Eine Weile versucht er es mit Überrumpeln – er kreuzt morgens noch vorm Frühstück auf, wenn ich noch nicht mal Zähne geputzt habe.

»Also, lass uns mal eine Denkspielrunde machen: In welchen Situationen verletzt du dich selbst?«

»Denkspielrunde?«

Dr. Flores ist ein Idiot.

»Ja.« Er tut, als würde das jeder kapieren. »So was wie ein Brainstorming, nur dass wir den Ausdruck nicht verwenden.«

Ich verdrehe die Augen.

»Kannst du das Ritzen bleiben lassen?« Dr. Flores zieht eine Augenbraue hoch. Das macht er gut. Als ich jünger war, wollte ich das auch lernen. Ich habe mich vor den Spiegel gestellt und das Gesicht verzogen, aber es hat nie geklappt.

»Ich hab's ja versucht, aber ich schaff das nicht«, sage ich. »Dann wird alles noch schlimmer.«

»Du kannst es«, sagt er entschieden. »Das ist wie bei jeder anderen Sucht, Tamar. Du kannst aufhören, es ist nur schwer. Ich habe immer wieder Leute erlebt, die es geschafft haben.«

»Wieso sterben dann so viele Süchtige?« Ich bin richtig

sauer, aber er setzt bloß seine nachdenkliche Miene auf. Meiner Meinung nach ist das nur eine Masche. Er denkt gar nicht wirklich nach, es soll nur so wirken. Man soll das Gefühl kriegen, jedes Wort aus seinem Mund wäre pures Gold.

»Weil nicht jeder will, dass es ihm besser geht. Willst du, dass es dir besser geht, Tamar?«

Ob ich will, dass es mir besser geht? Das ist die große Frage. Wenn ich die Antwort wüsste, wäre wahrscheinlich jedes Problem auf der Welt gelöst. Will ich, dass es mir besser geht? Dr. Flores starrt mich zehn Sekunden lang an.

»Weiß nicht«, nuschele ich. Aber ich sollte es wissen. Die Antwort sollte klar sein. Ich sollte wollen, dass es mir besser geht. »Ich will mich jedenfalls nicht mehr so fühlen wie jetzt.«

»Willst du, dass es dir besser geht?«, wiederholt er. »Es gibt einen Unterschied zwischen einem vagen Wunsch und dem entschiedenen Willen. Ich bin überzeugt, dass jeder gesund werden kann. Es braucht viel Zeit, vielleicht sogar Jahre, aber es ist möglich.«

Er formuliert es allgemein, statt mich direkt anzusprechen. Warum? Bin ich die Ausnahme zu seiner makellosen Regel?

»Redest du nie mit irgendwem? Mit deinen Freunden in der Schule oder so?«

Ich lache. »Mit welchen Freunden?«

Früher habe ich Freunde gehabt.

Toby habe ich kennengelernt, als ich vier war, und Mia ist eine Freundin aus der Grundschulzeit. Ab der neunten Klasse hatten wir ein Morgenritual: Um acht Uhr rauchten wir vor dem Schultor jeder zwei Zigaretten, bevor eine halbe Stunde später die Schulbusse ankamen. Ein paar eifrige Siebtklässler mit wahnsinnsgroßen Rucksäcken kämpften sich die Zufahrt hoch, keuchend unter ihren Sportsachen und Cellos, die sowieso bald in Vergessenheit geraten würden. Alles war normal. Tobys Hemd hing wie immer aus der Hose; Mias Haare waren links am Kopf zu einem französischen Zopf geflochten. Hinter uns die Schulgebäude, grauer Beton, Klötze wie Laubsägearbeiten in einem Netz von farbigen Wegen. Von oben sah das bestimmt besser aus.

Als ich verrückt geworden bin, haben sich die Leute vor mir zurückgezogen. Sie haben ziemlich schnell kapiert, wer ich bin: Tamar, die durchgeknallte Einzelgängerin mit Narben auf den Oberschenkeln und Spinnweben im modrigen Hirn. »Haltet euch von Tamar fern«, warnten die Eltern ihre Kinder. »Die bringt bloß Ärger.« Meine Krankheit gehörte nicht zu der Sorte, auf die man mit Mitleid, Weintrauben und Blumensträußen reagiert. Psychos verdienen kein Mitgefühl. Die Leute wollten nichts zu tun haben mit einem Mädchen, das nur zum Spaß die eigene Haut aufschlitzte. Dabei war ich gar kein schlechter Umgang, es ging mir einfach nur schlecht.

»Ich habe schon lange keine Freunde mehr«, sage ich zu Dr. Flores. Er lacht, obwohl das kein Witz war.

»Sei nicht melodramatisch – ein paar muss es doch geben. Neben wem sitzt du in der Schule?«

»Neben der Wand«, sage ich.

»Und was ist mit Toby? Mit ihm bist du doch befreundet, oder?«

Meine erste Erinnerung an Toby hat mit einer Gartenparty von seinen Eltern zu tun. Wir waren damals vier. Auf dem Grill schwitzten rosa Garnelen ihr blasses Öl aus und Dad schlug mir auf die Finger, weil ich mich fast verbrannt hätte, als ich mir eine schnappen wollte. Toby führte mich nach hinten zum Gartenschuppen, wir wollten Verstecken spielen und ich sollte suchen. Ich sollte da drin warten, sagte er, und bis zwanzig zählen. Im Schuppen war es kalt und feucht und eine fette schwarze Spinne mit haarigen Beinen webte direkt über meinem Kopf ein Netz. Dicht an rostige Kinderrädchen und kaputte Liegestühle gedrängt klaubte ich mir die Spinnenfäden aus dem Pferdeschwanz. Ich zählte bis dreizehn und wartete ein bisschen. In meiner Verwirrung hatte ich es nicht bis zwanzig geschafft. Ich hörte das Klirren von Gläsern ein Stück weiter weg unter dem Kirschbaum. Die Tür war abgesperrt. Als mich mein Dad fand, kauerte ich in der Ecke bei einem alten Kaninchenstall, aus dem Sägemehl herausrieselte. Ich saß da und weinte, als ob es kein Morgen gäbe. Toby musste sich bei mir entschuldigen. Ein paar Tage später bekam ich eine Karte von ihm, die er bestimmt nicht freiwillig gemalt hatte: er und ich, wie wir uns an den Händen halten.

»Lassen dich deine Freundschaften ans Selbstverletzen denken?«, fragt Dr. Flores.

»Eher die Tatsache, dass ich keine habe.«

»Aha.« Dr. Flores kritzelt etwas auf sein Klemmbrett.

»Aber so einfach ist es nicht.«

Wieder zieht er eine Augenbraue hoch.

»Deshalb bist du ja hier«, sagt er. »Okay, mal abgesehen von Freunden oder keinen Freunden, was fällt uns denn sonst noch zum Thema Selbstverletzen ein?«

Er hat es wirklich drauf mit diesem spießigen Wir. Er tut so, als wären wir alle zusammen ein einziges dysfunktionales und suizidales Team. Aber das ist Quatsch. Dr. Flores und die Pflegekräfte gehen jeden Abend um fünf nach Hause zu ihren Familien, sie können fernsehen und alles vergessen, was sie den Tag über erlebt haben. Für sie hört dieser ganze Mist auf, wenn die Schicht zu Ende ist.

Ich sage ihm, dass mit dem Selbstverletzen alles in bester Ordnung ist, vielen Dank auch.

»Aber was bringt es dir? In dem Moment? Ist es ein gutes Gefühl?«

Jetzt bin ich dran mit Lachen. »Ich schlitze mir das eigene Fleisch auf. Natürlich fühlt sich das nicht gut an, sondern es tut weh und ist schrecklich. Darum geht es ja irgendwie.«

»Ach so«, sagt Dr. Flores. Dabei ist er doch derjenige, der mir alles erklären sollte. Er weiß bestens Bescheid über die Koppelung von Schlitzen und Endorphin-Hoch. Er hat mir das überhaupt erst erzählt. »Warum tust du es dann?«

Wirft er mir irgendwas vor? Ich hebe die Schultern an, als würde ich nachdenken. Tue ich aber nicht. In meinem Hirn tut sich gar nichts.

»Na ja, das ist ein Gefühl«, sage ich. »Besser als gar nichts.«

Dr. Flores ist offenbar anderer Meinung. Er beißt auf seinen Kugelschreiber. »Du fühlst dich also leer? Oder taub?« Wenn ich jetzt Ja sage, ist er einen Schritt weiter. Dann passe ich zu dem Jargon in seinem Diagnosehandbuch. Aber ich spiele nicht mit.

»Nein.«

»Wir setzen deine Dosis hoch. Du wirst dich schläfrig fühlen.«

»Ich weiß.«

»Wie geht es dir im Augenblick?« (Auf einer Skala von 1 bis 10 – das lässt er inzwischen schon weg.)

»11.«

»Gut.« Mein Sarkasmus interessiert ihn nicht. »Willst du am Wochenende mal raus?«

»Klar.«

Wenn du den Kopf gegen die härteste Oberfläche knallst, die du finden kannst, werden die bösen Gedanken in deinem Hirn dermaßen durchgerüttelt, dass es eine Weile braucht, bis sie wieder zusammenfinden. Stell dir einen Bus vor, der so plötzlich bremst, dass alle Einkäufe durch die Gegend fliegen. Du musst zwischen den Beinen fremder Leute herumkriechen und alles wieder einsammeln, auch die aufgeplatzte Packung mit Reis, die du besser nicht gekauft hättest. Mit dem Kopf ist es genauso. Du kannst richtig spüren, wie die Gedanken gegen deinen Schädelknochen prallen. Die härteste Oberfläche in der Psychiatrie ist die Zimmerwand. Wenn du die Stirn fest genug dagegenschlägst, blutet es unter der Haut und du kriegst dicke Beulen, die furchtbar wehtun, aber immerhin verschwinden die bösen Gedanken für eine Drittelsekunde. Bamm. Ein Moment Leere. Bamm. Ein Moment Gelassenheit und Ruhe.

Das Problem ist bloß: Sobald das Schwindelgefühl weg ist, kreischen die bösen Gedanken gleich wieder los, noch wilder und schlimmer als vorher. Jetzt bist du nicht nur jämmerlich, hässlich und fett, sondern auch noch ein dummer kleiner Depp, der sich einbildet, er könnte Gedanken zum Schweigen bringen, indem er sich den Kopf anhaut. Also knallt deine Stirn, bevor du richtig weißt, was passiert, schon wieder gegen die Wand, ein echter Teufelskreis.

Bamm.

Vollkommen logisch.

Emma sieht das anders. Nachdem sie mir einen Eisbeutel aus dem Gefrierschrank in der Küche geholt hat, fragt sie, was zur Hölle dieser Quatsch denn soll.

»Willst du ein Loch in die Wand rammen oder was?« Sie erklärt mir, dass ich für den Schaden aufkommen muss. »Du musst das ja nicht machen. Komm lieber rüber und red mit einer von uns.«

»Ihr hattet zu tun.« Ich drücke mir den Eisbeutel an meinen schmerzenden Kopf.

»Wir hätten uns schon Zeit genommen«, antwortet sie. »Außerdem können wir dich vom Stationszimmer hören.«

Ich bezweifle sehr, ob das stimmt, aber ich halte den Mund. Meiner Erfahrung nach nehmen sich Leute erst dann Zeit, wenn es richtig dramatisch wird.

»Willst du jetzt über irgendwas reden?«

»Nein«, sage ich. Emma gibt sich nicht mal Mühe, ihre Genervtheit zu verbergen. Sie wirkt, als ob sie alles andere auf der Welt lieber täte, als mir zuzuhören. Da will ich sie nicht belästigen.

»Reden ist auf jeden Fall besser, als deinen Kopf zu malträtieren, das weißt du doch.«

»Mein Kopf ist sowieso am Arsch«, gebe ich zurück.

»Ist er nicht, aber mach nicht alles noch schlimmer, Tamar. Schließlich kommt morgen deine Mutter und ihr sollt zusammen raus.«

*Mir egal, mir egal.*

Sie gibt mir eine Risperidon in einem kleinen Becher. Wenn man die Dinger auffaltet und das Papier glatt streicht, wird eine perfekte runde Fläche daraus. Ich habe eine ganze Sammlung in meinem Nachttisch.

Das kalte Eis. Wassertropfen, die von der Stirn zu meinen spröden Lippen laufen. Eine enge Kehle, weil ich zum Schlucken nicht genug Wasser genommen habe, das Risperidon hängt mir im Hals. Die Zeiger der Wanduhr rücken auf zehn vor, ich kann also ins Bett kriechen, mich verstecken.

»Ich komm aber nicht wieder auf Eins-zu-eins, oder?«, frage ich Emma, während sie die Decken vom Boden aufhebt.

»Nein«, antwortet sie. »Aber wir setzen das Intervall hoch auf fünfzehn Minuten. Ich sag dem Team Bescheid.«

»Okay«, sage ich erleichtert. Ich habe keine Lust auf noch mehr Nächte mit jemandem, der mich im Halbdunkel anstarrt, während ich versuche das zu ignorieren.

Ich tappe zum Bett und krümme mich unter der Decke zusammen, noch in den Klamotten, die ich schon den ganzen

Tag anhabe. Umziehen ist zu viel Aufwand. Ich schließe die Augen.

Eine Viertelstunde später scheint mir das Licht einer Taschenlampe ins Gesicht; ich schrecke zusammen wie ein geblendetes Reh im Scheinwerferlicht.

»Nur ein Check«, zischelt Emma. »Tut mir leid.«

Ich drehe mich von der Tür weg. An so was kann sich keiner gewöhnen. Immerhin fängt jetzt das Risperidon an zu wirken.

Wenn du mal eine ganze Weile nicht draußen warst, fühlt sich die Welt anders an. Kräftigere Farben, hellere Lichter, stärkere Motoren in größeren Autos. Lauter ist es auch.

Da sind die Dellen im frischen Asphalt der Straße und das Flackern der Lichter an der Ampel, bevor es gelb wird; und da ist das Geräusch einer Chipstüte beim Drauftreten, das mir vorkommt wie verstärkt. Da sind die unregelmäßigen Formen von Kaugummi auf dem Pflaster und die Brauntöne von Baumrinden. Ein Mann rennt vorbei in einem Anzug, der einen Hauch heller als Dunkelblau ist. Am Jackett fehlt ein Knopf, der zweite von oben. Da ist der schmierige Geruch von Kentucky Fried Chicken. Und das Sirren der Nadeln aus einem Tattoo-Studio.

Mum hält meine Hand und ich drücke ihre, als wir von Lime Grove aus die Hauptstraße entlanglaufen. Alles okay mit uns, glaube ich.

Wir gehen ins Einkaufszentrum, schlendern wortlos durch die Gänge unter den Glaskuppeln und hören den hallenden Gitarrenklängen eines Straßenmusikers zu. Weihnachten ist schon lange vorbei, trotzdem gibt es an einem Stand noch geröstete Maroni, von denen ein angebrannter Geruch aufsteigt. Die Rolltreppen sind kaputt und mit rot-weißem Klebeband versperrt, als wären stillstehende Rolltreppen gefährlich.

Ich sollte froh sein, dass ich rausdarf und Hand in Hand mit meiner Mum rumlaufen kann, ohne dass gleich ein Alarm losgeht oder mir irgendwer fiese Spritzen gibt, wenn ich mich nicht so verhalte, wie ich soll. Aber ich bin nicht froh. Mir ist das alles zu viel, ich habe Angst und spüre schon wieder das leise Flattern böser Gedanken in meinem wolkigen Hirn.

Achte nicht auf sie.

Ich setze meine Alles-okay-Maske auf; anders geht es nicht. Meine Mum wirkt müde, aber sie lächelt mich an und scheint glücklich – jedenfalls glücklicher, als sie es in den letzten Monaten gewesen ist. Im Buchladen will sie mir unbedingt zwei Sudoku-Hefte kaufen, sie findet, ich müsste meinen Kopf beschäftigen, und Sudokus sind dafür anscheinend ideal.

»Wie geht's Dad?«, frage ich.

Statt zu antworten, fragt sie zurück: »Hast du Lust, was zu essen?«, und zieht mich in das nächstbeste Café.

Mein Vater arbeitet in einem Badezimmer-Fachgeschäft. Er kann sich innerhalb von Sekunden vom glatten, perfekt gestylten Anzugtypen in einen Fußball guckenden, raubeinigen Biertrinker verwandeln, sobald er durch die Tür ist und seine Krawatte auf den Bügel gehängt hat. Bis jetzt hat er mich in Lime Grove noch nicht besucht, wahrscheinlich schafft er das einfach nicht. Ich mache ihm keinen Vorwurf draus.

Als ich klein war, hatte Dad lange Haare bis zu den Schultern, mit Zöpfen und einem violetten Haarband. Auf seinen Unterarmen standen Sprüche in falschem Latein und er spielte Gitarre. Auch Mum hat sich seitdem verändert. Damals trug sie Jacken aus Patchwork-Quilt und große goldene Kreolen. Damals lebten wir auf einem kleinen roten Hausboot. Auf dem Dach hatte Mum einen Kräutergarten: Thymian, Minze, Koriander in hellbraunen Terrakotta-Töpfen. Ich bin mit Brew, meinem kleinen Welpen, in den nahen Wasserläufen fischen gegangen, die Hosen bis über die Knie aufgerollt, habe den Eimer ins schlammige Wasser gehalten und den Elritzen zugeschaut, wie sie unter die Seerosenblättern geflitzt sind. Wenn ich wirklich mal welche erwischte, habe ich sie gleich wieder freigelassen. Ich wollte immer nur schauen.

Jetzt bestellt Mum einen Toast für mich, und während ich mit den langen Käsefäden kämpfe, die sich bis zu meinem Kinn ziehen, rührt sie das Milchschaumherz ihres Macchiatos ins Nirwana. Mum ist groß und dünn und hat kaum eine In-Diät ausgelassen. Der gummiartige Mozzarella legt sich an meine Zähne und klebt mir am Gaumen, aber ich kann ihn schmecken; die Tomaten sind saftig und frisch, eine Geschmacksexplosion auf meiner Zunge. Was für ein Gegensatz zum Abendessen gestern. Das war wie hochgewürgtes Katzenfutter und noch halb gefroren, ich habe es kaum runtergekriegt.

Je länger ich draußen bin, desto seltsamer ist es. Keiner beäugt mich und fragt sich, ob ich gleich auf ihn losgehe oder mir selbst etwas antue. Ich kann zur Toilette, ohne dass mich irgendwer mustert und mit misstrauischem Blick zu fragen scheint: *Was tust du da? Warum gehst du da hin?*

*Was? Hast? Du? Vor?*

Hier vertraut man mir, keiner hält es für ein Sicherheitsrisiko, wenn ich allein auf die Toilette gehe. Ein echter Luxus.

Die Uhr nagt an der Stunde, die wir noch zusammen haben. Ich blättere bei Waterstones in den Bestsellern – Geschichten über Drogenmissbrauch und das Leid von Familien im Krieg. Als ob wir noch mehr schreckliche Dinge bräuchten, an die wir denken können. Neue Bücher riechen irgendwie besonders. Keine Ahnung, woran das liegt, aber ich mag den Geruch, finde ihn irgendwie tröstlich.

»Zum Drogeriemarkt?«, fragt Mum, während ich mäßig interessiert ein Hieroglyphen-Buch betrachte. »Da kannst du dich mit allem eindecken, was du so brauchst. Duschlotion, Tampons und so. Vielleicht auch Haarklammern? Die kannst du bestimmt brauchen, wenn du dir nicht oft die Haare wäschst.« Das Duschen ist in Lime Grove streng rationiert, daher ist »Selbstvernachlässigung« in unserem sonst so unnormalen Leben zu einer Normalität geworden.

»Die Shampoos sind im Sonderangebot, drei für den Preis von einem«, sagt Mum. »Such dir aus, was du willst, für mich riechen die alle gleich.«

Ich entscheide mich für Pfirsich-Papaya, Limette-Minze und Bubblegum und lege alles in ihren Einkaufskorb.

»Oooh, Nagellack!« Sie strahlt. Anscheinend gibt es für

sie nichts Schöneres als die Tatsache, dass ihre Tochter für eine Weile draußen in der wirklichen Welt ist. »Die haben auch Silber, das steht dir bestimmt. Würde gut zu deinen Haaren passen.« Lächelnd nimmt sie zwei Fläschchen und lässt sie mit einem Klirren in den Korb fallen. Sie steuert auf die Kasse zu und drückt dabei meinen Arm.

Ich spüre die schmerzenden Schnitte unter meinen Pulloverärmeln.

Der Wechsel von Okay zu Nicht-Okay passiert so schnell und ist so heftig, dass mir der Ausdruck von Dr. Flores auf einmal einleuchtet: extreme, unvorhersehbare Stimmungsschwankungen.

Ich konzentriere mich auf die Regale mit Haarfärbemitteln – Raspberry Rebel, Cosmic Blue – und betrachte dann die Reihen mit Waschgel, Abschminktüchern, Rasierern …

In meinem Körper passiert etwas, eine Woge brodelnder Energie steigt hoch und meine Stimmung stürzt in den Keller. Ich kann die Hände nicht mehr unter Kontrolle halten, reiße zitternd die nächstbeste Packung auf, fische die Rasierer heraus – meine bebenden Finger gehören nicht zu mir, ich tue das hier nicht wirklich – und schiebe sie in die Tiefen meiner Jackentasche. Ein vertrautes Prickeln läuft mir über die Arme. Ich muss hier weg. Aber dafür ist es zu spät.

Während Mum an der Kasse wartet, stolpere ich zur Toilette mit dem Wickeltisch. Adrenalin jagt durch meine Adern, immer stärker, immer mehr. Ich setze mich auf den harten Toilettendeckel (ein ungewohntes Gefühl) und senke den Kopf.

Ich brauche zwanzig Sekunden, bis ich die Klingen mit einer Münze aus den Rasierern gefummelt habe. Dann reiße ich eine Packung Haarnadeln auf, drehe mir die Haare zu einem Knoten, schiebe die Rasierklingen rein und stecke sie fest. Jetzt kann sie keiner mehr sehen. Sie sind verdeckt von schmierigen Haarsträhnen in der verblassten Farbe einer rosa Orchidee.

Meine Gedanken hören auf zu kreisen, in meinem Kopf ist ein Magnet, der sie alle anzieht. Das kenne ich, es fühlt sich vertraut an.

Jetzt ist nichts mehr okay. Ich bin nicht okay.

Aber das macht nichts. Denn in den Haaren habe ich drei kalte Metallplättchen.

»Alarm, ein neuer Patient!« Jasper springt vom Tisch auf und stößt dabei sein Glas mit Apfelsaft um, wie praktisch.

Es ist der Tag nach meinem Ausflug mit Mum. Wir sitzen beim Abendessen und Harper hat wegen ihrer Ofenkartoffel so geweint, dass ihre Brillengläser ganz beschlagen sind.

»Nicht schon wieder«, murmelt Pfleger Will, als alle ihr Besteck fallen lassen und zum Fenster rennen.

Jasper klettert aufs Fensterbrett und haut mit der Hand gegen die Scheibe, das Glas ist hinterher ganz verschmiert. Er und Alice strecken die Zunge weit raus, schneiden Grimassen und machen komische Geräusche.

»Jasper, Alice, zurück an den Tisch. Und ihr andern auch, setzt euch wieder hin. Lasst die da draußen in Ruhe, ihr kriegt schon noch früh genug mit, wer kommt.« Die Aushilfsschwester klatscht laut in die Hände und alle kehren zu den Stühlen zurück. Dabei glucksen sie, als ob sie noch nie so was Lustiges erlebt hätten.

»Was war das denn?«, frage ich Alice, die nach ihrer Gabel greift, als wäre nichts gewesen.

»Unsere Irrenhaus-Show, das machen wir immer so, wenn Neue kommen«, sagt sie. »Du weißt schon, so richtig psychomäßig.«

Ich schaue aus dem Fenster. Die Neue stolpert aus einem Polizeiwagen, eine Plastiktüte mit ihren Habseligkeiten fest an den Körper gedrückt. Schon ein Minuspunkt. Plastiktüten sind hier verboten. Ein Polizist behält sie misstrauisch im Blick, während er sie Richtung Eingang schiebt. Sie hat rote Haare, die ihr in einem zerzausten Wuschelkopf bis über die Schultern reichen. Das Rot von Iris war anders, irgendwie dunkler, trotzdem macht mich der Farbton fertig.

Die Klingel an der Eingangstür schrillt durch die Räume. Drei Mal, der Polizist ist ungeduldig. Er hat Besseres zu tun, als den Taxifahrer für Teenager zu spielen. Jedenfalls wette ich, dass er irgendwas in der Art denkt. Die Aushilfsschwester gießt noch mal 200 Milliliter Apfelsaft in Jaspers Becher – genau bis zum Strich, aber nicht darüber – und schiebt ihn über den Tisch. Jasper schüttelt den Kopf, trinkt aber trotzdem alles aus, in einem großen Zug, so wie er eine Pille schlucken würde. Alice nimmt immer nur winzige Schlucke, im Wechsel mit mikroskopisch kleinen Kartoffelstückchen. Unterschiedliche Technik, gleich viele Kalorien.

Nach dem Essen müssen wir wie immer noch eine Weile sitzen bleiben, und da hat die Neue ihren Auftritt. Mit einem breiten Lächeln im Gesicht kommt sie in den Essensraum. Kein Mensch käme auf die Idee, dass sie gerade in der Psychiatrie gelandet ist. Die Krankenschwester hinter ihr trägt Himmelblau, die Standardfarbe in den Krankenhäusern der öffentlichen Gesundheitsversorgung. Genau wie ich bekommt die Neue zur Begrüßung einen Bagel mit Räucherlachs mit einem kleinen Klecks Frischkäse obendrauf. Der Lachs ist an den Rändern braun.

»Tut mir leid, ich bin zu aufgeregt zum Essen«, sagt sie und hüpft hin und her. Anscheinend hält sie Hibbeligkeit für etwas Positives.

»Wie wär's, wenn du dich hinsetzt und vorstellst?«, schlägt die Aushilfsschwester vor.

»Hi.« Das Mädchen grinst in unsere erbärmlichen Gesichter. »Ich bin Elle.«

»Komplett übergeschnappt«, flüstert Jasper mir zu und wippt wie wild mit dem Bein. »Erzähl mal, Elle, wieso bist du hier?«

Für eine Neue ist Elle viel zu selbstbewusst. Ihr erhitztes Gesicht ist so rot, dass man die vielen Sommersprossen auf Wangen und Nase kaum sieht.

»Ich war vorher in einer Klinik in Dorset, aber die haben mich verlegt, weil das näher an zu Hause ist …«

»Echt nett von denen, was?«, wirft Alice sarkastisch ein.

Elle ignoriert sie. »Na ja, jedenfalls näher an meinen Pflegeeltern. Ein richtiges Zuhause ist das nicht.«

»Tut mir leid«, sage ich unbeholfen, aber sie lacht bloß.

»Schon okay. Ich bin frei wie ein Vogel, das schlägt Zu-Hause-Wohnen um Längen.« Sie erklärt das nicht näher und ich frage auch nicht nach.

»Wie lang warst du in der anderen Klinik?«, frage ich stattdessen. Alice verdreht die Augen, verlässt mit demonstrativem Stuhlscharren den Raum und knallt die Tür hinter sich zu.

»Einen Monat oder so, glaub ich. Vielleicht auch kürzer. Die haben bloß gewartet, bis anderswo ein Platz frei wird. Und jetzt ist es so weit!« Sie klingt begeistert. Ihre Augen sind tiefgrün und seltsam rund, wie die von einer Katze, total auffällig. Hübsch ist sie trotzdem, auf eine unkonventionelle Art. »Und du?«

»Ach, ich bin erst seit ein paar Wochen da.«

»Du bist also ein Frischling? Willkommen!« Dass ich hier weniger neu bin als sie, scheint Elle nicht zu kümmern.

»Irgendwie schon, ja.« Die aufrichtige Wärme in ihrem Gesicht verwirrt mich. Sie guckt mich an, als ob wir schon jahrelang Freundinnen wären. »Ehrlich gesagt hab ich nicht damit gerechnet, so lange zu bleiben.«

»In Dorset gab es einen Jungen, der schon seit knapp vier Jahren drin war«, sagt Elle. »Der hat quasi zur Ausstattung gehört. Wie ein Wasserhahn oder so.«

»Scheiße. Na ja, ich bleib jedenfalls nicht so lange hier«, sage ich.

»Woher willst du das wissen?«

»Mein Psychiater hat gesagt, es würde nicht lange dauern«, erkläre ich, obwohl ich auf einmal Zweifel kriege.

Elle lacht. »Und das kaufst du ihm ab? Ich glaub denen

kein Wort mehr. Die haben versprochen mich nicht zwangseinzuweisen, und zu den Medikamenten wollten sie mich auch nicht zwingen. Und was ist passiert?« Sie lacht wieder, diesmal mit einem bitteren Unterton. Ohne weitere Erklärung lässt sie sich auf dem Sofa gegenüber nieder und klemmt sich ein Kissen unters Kinn.

»Du bist also zwangseingewiesen?« Ich mustere sie.

»Ja, letzte Woche. Ich hab die Pillen nicht geschluckt, die sie mir gegeben haben.«

»Und jetzt musst du sie schlucken?«

»Das glauben auch nur die! Ich lass mich zu gar nichts zwingen.« Sie grinst durchtrieben.

Neue Patienten erschüttern unsere Balance. Auch wenn es ein eher unglückliches und oft brüchiges Gleichgewicht ist, wissen wir doch, woran wir sind. Mit Elle fängt alles von vorne an, jeder muss wieder neu seinen Platz finden.

»Ein bisschen Lamotrigin für die liebliche Elle«, flötet Will in einem undefinierbaren Singsang, »und dann noch eine Dosis Fluoxetin für die fabelhafte Elle, und für die reizende Tamar haben wir Risperidon.«

»Du bist unheimlich«, sage ich, während ich wie jeden Abend die Tablette aus dem Papierbecher nehme. Es ist fast zehn Uhr und bald Zeit, ins Bett zu gehen.

Ich beobachte, wie Elle ihre Pillen in den Mund steckt und das Wasser runterkippt. Aber dann nimmt sie die Pillen mit aufreizendem Geschick wieder raus und lässt sie unauffällig in ihrer Tasche verschwinden. Sie merkt nicht, dass ich sie beobachte.

»Und ich hab noch was, Fluoxetin für die fantastische Alice!«, trällert Will.

Ich höre ihn weiter seine Witzchen reißen – »Quetiapin für den quietschvergnügten Will« –, während ich den Raum verlasse und durch den Korridor zu meinem Zimmer gehe.

»Oh, Will, du Supertyp, wir haben auch ein bisschen Sertralin für dich.«

Ein Hoch auf den superglücklichen Pillen schluckenden Patienten Will. In der Psychiatrie ist der Blick auf die Realität verzerrt. Ziemlich ironisch, wenn man es genau nimmt.

Nach einer halben Stunde entfaltet das Risperidon seine volle Wirkung. Ein schweres Gewicht drückt auf meine Lider und mein Kopf sinkt ins Kissen, das noch feucht ist vom Gesabber der letzten Nacht. Schlafen mit Risperidon ist vollkommen anders, auch nach zehn Stunden wacht man nicht frisch und energiegeladen auf. Diese Art Schlaf macht einen nicht wirklich bereit für den Tag. Außerdem geht immer wieder die Tür auf und eine Taschenlampe leuchtet mir grell ins Gesicht, danach ein Klacken und wieder Dunkelheit. Keine Ahnung, wie spät es ist.

Aber eins weiß ich ganz sicher: Um halb zwei in der Nacht rastet Will aus. Seine Stimme kenne ich inzwischen. Mitzukriegen, wie ein anderer eine Attacke hat, versetzt dich selbst in Angst. Du willst hinrennen und ihn halten, aber bei Will bringen Umarmungen gar nichts. Er würde bloß glauben, dass ich ihn ersticken will, und immer hektischer und verzweifelter nach Luft schnappen, vielleicht würde er mich sogar schlagen. Also bleibe ich in meinem Zimmer, während er das Haus zusammenbrüllt, und in meinem Kopf werden seine mühsamen Atemzüge immer lauter und lauter und LAUTER, bis ich selbst nicht mehr weiterweiß vor lauter Panik und Verwirrung.

Das ist fast noch beängstigender, als wenn es dir selbst passiert, denn dann spürst du alle diese grauenhaften Gefühle in deinem eigenen Körper, kannst dich an ihnen festklammern und sie kommen und gehen lassen. So kann ich nur lauschen und hoffen, dass er es durch die Nacht schafft, ohne komplett vor die Hunde zu gehen.

Zum Glück bin ich dermaßen zugedröhnt, dass meine Panik irgendwann abflaut. Wahrscheinlich ist die Psychiatrie deshalb für manche Leute soziale Kontrolle. Aber auch wenn mir das jetzt klar ist – ich habe einfach zu viele Pillen geschluckt, ich kann nicht protestieren und für Veränderung kämpfen.

# VORHER

Auf der Beerdigung von Iris trugen alle Lila und Gelb, weil das gut passte, aber an der düsteren Stimmung änderte es nichts. Langsam wurde es Herbst, alles vermoderte allmählich. Ein dumpfer Montagnachmittag, dicht über uns hingen seltsame, zu riesigen Puppen geformte graue Wolken.

Der Sarg von Iris war ein rechteckiger Kiefernkasten mit einem schlichten weißen Tuch darüber. Anscheinend hatten ihre Eltern nicht weiter darüber nachdenken wollen. Sie saßen Arm in Arm in der vordersten Kirchenbank und blickten starr geradeaus. Sie weinten nicht, doch der Schmerz hatte Furchen zwischen ihre Augenbrauen gegraben, er saß unter ihren vorstehenden Wangenknochen, in ihren ungebügelten Kleidern und in den Bartstoppeln des Vaters, die mir wie tausend kleine Parasiten vorkamen. Ich beobachtete die beiden. Nein, sie weinten nicht.

Durch die bunten Glasfenster der kleinen Kirche fiel ein leuchtendes Kaleidoskop auf den Altar. Der Cousin von Iris stand auf der Kanzel und erzählte von früher, als die beiden in ein Wespennest gefallen waren und eine Nacht lang stinkende Essigwickel aushalten mussten. Keiner lachte. Iris, sagte der Cousin, war ein Goldschatz.

Die Grabsteine auf dem Friedhof waren klein, aber mit

nervenaufreibender Hingabe gepflegt, der Rasen war perfekt gemäht und in den Vasen standen rote Rosen.

Die Luft war kalt, ich sah den Atem vor meinem Mund. Ich dachte an Mia und das Spiel, das wir immer gespielt hatten, als wir noch jünger waren. Wir waren Drachen gewesen und hatten uns gegenseitig mit gefletschten Zähnen über den reifbedeckten Schulhof gejagt. Aber dann war alles schiefgelaufen.

Kalte Hände fassten mich an den Schultern und Mia zog mich unbeholfen an sich. »Alles okay?«, fragte sie.

»Ja«, sagte ich. Ich hatte Mias Trost nicht verdient. »Lass mich los, ich krieg keine Luft.«

Mia lockerte ihre Arme. »Tut mir leid, Tay.«

Da rannte ich weg, durch das knarrende Friedhofstor und immer weiter bis zur Hauptstraße. Wie in Trance sprang ich in den erstbesten Bus und stieg erst eine Stunde später an der Endstation am Stadtrand aus. Von da machte ich mich zu Fuß auf den Heimweg.

*Ein Schritt, noch ein Schritt.*

Lass mich mal beschreiben, wie sich ein Angstanfall anfühlt.

Die Leute starrten mich an, das wusste ich. Meine Schritte waren zu laut, obwohl ich mich anstrengte leise zu sein. Irgendwie spürte ich mich selbst viel zu sehr, auf eine unangenehme Art. Beim Laufen konzentrierte ich mich auf die Fugen im Pflaster, weil das angeblich hilft. Aber das brachte nichts, im Gegenteil: Am Ende lief ich seitwärts und hätte beinahe ein Kind umgerannt. *Oh Gott, bestimmt glauben alle, das war Absicht. Die Mutter denkt garantiert, ich bin gestört und will ihr Kind verprügeln. Mach schon, entschuldige dich, und zwar schnell.* Natürlich sagte ich gar nichts, sondern stakste bloß ungeschickt weiter. Jetzt würde mich die Mutter für immer und ewig hassen und ich konnte nichts dagegen tun. Keine fünf Minuten auf der Straße, schon ein anderes Leben ruiniert. *Was ist, wenn die Mutter von dem Jungen zur Polizei geht und mich anzeigt?* Kurz überlegte ich, mir in dem Wohltätigkeitsladen auf der anderen Straßenseite neue Klamotten zu kaufen, damit mich keiner mehr erkannte. Aber das ging nicht, denn ich war vorher noch nie dort gewesen. Vielleicht war der Laden ja nur eine Tarnung für Drogenhändler oder Kidnapper oder Prostituierte. Also betrat ich einen Eckladen und versteckte mich hinter dem Postkartenständer. Von dort aus sah ich das Mädchen an der Kasse – ich kannte sie aus der Schule.

Als ich zum Bezahlen ging, war Lucy auffällig nett zu mir. Ich wusste auch, warum: Sie wollte wiedergutmachen, dass ihr mein misslungener Lidstrich aufgefallen war, darum tat sie, als wäre alles normal. Vor der Beerdigung hatte ich noch versucht ihn besser hinzukriegen. Ich hatte mir große Mühe gegeben, aber mit meinen zittrigen Händen war das einfach nicht zu schaffen. Nach vier vergeblichen Versuchen hatte ich aufgegeben. Eyeliner ist sowieso immer kompliziert. Lucy wollte wissen, in welchen Fächern ich A-Levels machte. Ich wurde knallrot und guckte nur verzweifelt. Als ich endlich den Mund aufmachte, kam nur ein schrilles Krächzen heraus – ich klang wie ein sterbender Adler. Also dämpfte ich meine Stimme. Garantiert fand Lucy mein Genuschel über den Kalten Krieg total langweilig, trotzdem war das besser als nichts. Während ich redete, starrte sie mich an. Dabei sah sie natürlich alles, was verkehrt an mir war, was ich furchtbar peinlich fand. Sie sah, wie ich dastand, mit krummem Rücken – und vielleicht hielt ich auch noch den Arm seltsam? *Großer Gott, hängt mir womöglich was zwischen den Zähnen? Keuche ich beim Atmen? Habe ich verfilzte Haare? Hässliche Beine, eine komische Lache, scheußliche Klamotten, scheußliches Gesicht, scheußliche Stimme, scheußlich, scheußlich, scheußlich.* Komischerweise lächelte Lucy nur und meinte: »Also in Geschichte? Ach, wie schön.« Dann machte sie einen Witz über Rasputin, den ich nicht kapierte, also schnappte ich mir meine Zigaretten, verzog den Mund zu so was wie einem Lächeln und flüchtete auf die Straße.

Als sich die Tür hinter mir schloss, läutete die Ladenglocke, und im gleichen Moment fuhr ein Polizeiwagen die Straße runter. Am liebsten hätte ich geheult. *Das war's – die suchen dich. Kopf runter, Mädchen. Schau auf die Fugen.* Im Kopf sagte ich Musikinstrumente auf, weil ich unbedingt ruhig bleiben musste und mir kein anderer Trick einfiel.

*Klavier, Cello, Oboe.*

Der Polizeiwagen kam langsam auf mich zu und bremste.

*Fagott.*

Mein Herzschlag stolperte, er kam mir vor wie eine kaputte Uhr. Halt, nein, ich musste doch ruhig bleiben. Der Wagen war jetzt direkt neben mir. Ich starrte weiter auf die Fugen im Pflaster. *Wenn ich die Polizisten nicht sehe, sehen die mich vielleicht auch nicht.*

*Saxofon. Violine.*

Der Polizeiwagen fuhr an mir vorbei und ich schaute ihm hinterher. Erst wurden seine Rücklichter kleiner, dann glitt er über die Ampel und verschwand im Kreisverkehr. Ich blieb stehen und wartete. Erst als mir nicht mehr schwindlig war, machte ich mich auf den Heimweg. Ich war sicher, dass ich verfolgt wurde, verdrängte das aber so gut wie möglich.

Zu Hause schloss ich hektisch die Tür auf und stolperte hoch in mein Zimmer, vollkommen außer Atem und zitternd wie ein Hund. Ich setzte mich ans offene Fenster und rauchte im Schutz der Vorhänge eine halbe Schachtel Zigaretten. Natürlich wurde mir schlecht, aber vor die Wahl gestellt ist mir Übelkeit tausendmal lieber als Panik.

*Ich verlasse nie mehr das Haus, in meinem ganzen Leben nicht.*

# JETZT

»Auf zum Unterricht«, ruft Will. »Bildung ist der Grundstein zum Erfolg, also ab ins Klassenzimmer, Leute.«

Er schwenkt energisch die Arme, während wir widerwillig in das improvisierte Klassenzimmer stapfen – Therapieraum 1, in den ein Haufen Tische und Stühle gequetscht sind. Wir haben jeden Werktag Schule.

Elle steht am Fenster, palavert übers Wetter und wedelt mit einem Buch: *Der große Gatsby*. Ich kenne Elle noch nicht lange, aber sie ist mit so viel Schwung in mein Leben geplatzt, dass ich das Gefühl habe, sie wäre schon immer da gewesen. Eine Dauereinrichtung, so ähnlich wie ein Akku, der sich immer neu aufladen lässt. Wenn ich mit ihr zusammen bin, verziehen sich alle Probleme hinter einen Vorhang aus guter Laune und Energie. Mit Elle vergeht die Zeit schneller, sie hat so viel zu sagen und in ihr sprudeln tausend Ideen. Da kümmert sie sich nicht darum, ob es Tag ist oder Nacht. Es gibt viel zu viel zu tun und zu hoffen. Sie hat keine Zeit für dumme Regeln, die sie einschränken.

Elle ist unser Rettungsanker, ein quicklebendiger Wirbelwind in Orange, die Einzige, die mit dem Verrücktsein umgehen kann. Niemand außer ihr kann uns dazu bringen, ABBA-Songs in irgendwelche dubiosen Karaoke-Mikros zu singen – sie mobilisiert uns mit ihren leidenschaftlichen Reden wie eine Armee, die in den Krieg ziehen soll. Was wir ja auch irgendwie sind, nur dass wir eine andere Art von Krieg führen.

Vielleicht erzähle ich deshalb keinem, dass sie ihre Tabletten nicht nimmt. Sie soll so bleiben und weiter um Mitternacht durch die Gänge tanzen. Dabei weiß ich eigentlich, wohin das alles führen wird.

»Man sieht richtig, wie der Wind durch die Bäume rauscht«, sagt sie jetzt. »Ich kann den Wind sehen.«

»Wie denn, ohne Blätter?«, frage ich zurück.

»Man braucht keine Blätter, um den Wind zu sehen«, antwortet sie theatralisch und schlägt die Seiten ihres Gatsby-Buchs auf wie einen Fächer.

»Das ist wunderbar, Elle.« Sogar Maureen, die nicht besonders clevere Englischlehrerin mit den grauen Haaren und dem leichten Hinken, ist begeistert von Elle. »Setzt euch hin und denkt über diese Symbolik nach. Jasper, hast du den Essay über Dorian Gray?«

Jasper reicht ihr ein verknicktes DIN-A4-Blatt. »Den Rest hat Elle gegessen, tut mir leid.« Er grinst in Elles Richtung.

»Du lieber Himmel«, schnauft Maureen. »Das solltest du wirklich nicht tun, Elle, Papier führt zu furchtbaren Verstopfungen.«

»Tut mir echt leid«, sagt Elle. »Das wird nicht wieder vorkommen. Das ist bloß, na ja, manchmal kriege ich Hungerattacken und kann mich nicht beherrschen. Dann esse ich einfach, was da ist: Jaspers Hausaufgaben, Stiftkappen, Strickwolle …«

»Einmal hat sie sogar einen Haarballen verschluckt«, ergänze ich.

»Ach ja!« Elle jauchzt, als würde sie sich an etwas Schönes erinnern. »Ich hab einen Haarballen von unserer Therapiekatze gegessen. Hat nach Senf geschmeckt.«

»Einen Haarballen?« Maureen ist entsetzt. »Nein, das darfst du nicht, auf keinen Fall, Elle.«

»Ich versuch mich dran zu halten«, erwidert Elle ernsthaft. Jasper schnaubt.

»Lass das«, flüstere ich ihm zu und unterdrücke einen Lachanfall. »Du machst ihr Angst.«

Auf der anderen Seite des Therapieraums redet Alice mit John, einem Aushilfslehrer. Anscheinend geht es um das Paarungsverhalten von Schimpansen. Alice ist jetzt auch unter der Woche tageweise zu Hause, sie darf am Saphir-Tisch sitzen und isst alles, was sie auf den Teller kriegt. Und sie versucht Dr. Flores einen Entlassungstermin abzuringen.

»Ich brauche von dir also ein Schaubild mit einer Erklärung dazu«, sagt John.

Bereitwillig nimmt Alice Bleistift und Spitzer und zeichnet los. Der kleine Will verlässt jammernd den Raum. Keiner hält ihn zurück.

Die nächste Stunde über starre ich auf einen Haufen Geschichtsdaten mit eingestreuten Textabschnitten dazwischen, aber es bleibt nichts hängen. Zum Glück hat das Verrücktsein auch Vorteile: Ich kann es auf meine Konzentrationsschwäche schieben, dass ich nichts auf die Reihe kriege. Als Maureen angewackelt kommt und sehen will, wie weit ich bin, habe ich gerade mal das Lernziel abgeschrieben. Elle steht immer wieder auf und gibt lautstark Kommentare über Jay Gatsby und Daisy Buchanan ab oder über grünes Licht, Verkehrsampeln und Unfälle. Ihr ist egal, ob jemand zuhört oder nicht.

»Ich finde das echt gruselig. Der Typ stalkt sie doch, oder?« Sie steht auf einem Bein. »Ich wär jedenfalls nicht gerne Daisy.«

»Kannst du deine Gedanken bitte aufschreiben?«, sagt Maureen gereizt. »Ich hätte sie gerne auf Papier.«

»Bloß darf sie's vorher nicht aufessen«, murmelt Jasper, was Maureen mit einem bösen Blick quittiert.

Als es endlich halb vier ist, rennt Elle als Erste aus dem Zimmer zu den Snacks. Jasper trabt hinterher und zieht ein grimmiges Gesicht. Grissini und Weichkäse. Er braucht eine Dreiviertelstunde, bis er aufgegessen hat.

Keine zehn Minuten von Lime Grove entfernt gibt es eine neue Eisdiele. »Du hast echt Glück«, sagt Will zu Jasper. »Nicht alle Magersüchtigen auf dem Weg der Besserung kommen in den Genuss einer Eisdiele.«

Er geht mit Jasper, Elle und mir dorthin.

Der Laden nennt sich *Mrs Moonshine's*. Die Holzoberflächen sind noch nicht gestrichen, überall liegen Schraubenzieher rum, in einer Ecke steht eine Tischsäge. Die Tafel hinter der Theke macht Werbung für einen Willkommensbecher mit Karamell-, Frucht- und Pfefferminzeis, obendrauf geschmolzene Schokolade.

»Alles okay?«, frage ich Jasper, der die zusammengeballten Hände am Körper herunterhängen lässt, damit man sein Zittern nicht merkt.

»Ja«, sagt er mit einem gezwungenen Lächeln. »Sieht lecker aus.« Aber ich weiß, er sieht nichts außer den Kalorien, die aus der Schrift an der Tafel hervorquellen und sich unter seiner Haut einnisten wollen.

»Du kannst den Becher ja ohne Schokoladensoße bestellen«, schlage ich vor. »Elle kann das übernehmen. Für mich bestellt sie auch.«

»Wir sind echt so erbärmlich, jeder von uns.« Er lacht dankbar. Wenn er den Eisbecher oder die Kugel zuckersüßes Vanilleeis nicht selbst verlangt, fühlt er sich weniger schuldig. Er bestellt nichts und entscheidet auch nicht, was er will – es sind zwanzig Sorten, alle mit widerlich vielen Kalorien. Jasper hat Prinzipien. Ich bin einfach nur seltsam.

Elle zahlt die gesamten zehn Pfund in Münzen, weil Will sein Kleingeld loswerden will. Mürrisch zählt die Bedienung mit ihren Wurstfingern alles bis auf den letzten Penny ab, dann steckt sie das Geld mit einem Brummeln in die Tasche ihrer grün-weiß-roten Schürze.

Elle und ich teilen uns einen Berg Ingwer-Eis mit Schlagsahne und zerkrümelten Pfeffernüssen obendrauf, Jasper isst gottergeben sein Vanilleeis mit einem Teelöffel, den Pfleger Will in der Hemdtasche mitgebracht hat. Das ist Jaspers Regel: Wenn er das Frühstück ausfallen lässt, isst er an dem Tag jedes andere Gericht, ohne sich zu beschweren oder die Augen zu verdrehen.

»Ich finde, wir sollten was unternehmen.« Jasper lässt den Teelöffel mit großer Geste auf den Tisch scheppern. Die

Eiscreme-Pfütze unten in seiner Schale hat er nicht ausgekratzt.

»Wohl eher nicht«, wirft Will ein. »Du musst erst mal eine Runde stillsitzen.«

»Im Ernst?« Jetzt verdreht Jasper doch die Augen – das Essen ist in seinem Magen, also hat er das Recht, sich zu beschweren. »Ich habe eben eine Riesenportion Eis gegessen. Wozu soll ich da noch sitzen?«

»Wirklich super, das mit dem Eis, aber red nicht solchen Quatsch. Nach dem Essen ist Sitzen dran, und zwar immer.«

Sie ziehen sich bloß gegenseitig auf. Jasper wird die Sitzregel einhalten, aber Will wird ihn nicht zwingen.

»Eine Viertelstunde? Und dann auf einen Sprung in den Park, bevor wir zurückgehen.«

Will schnalzt mit der Zunge und schüttelt Jasper die Hand. »Du bist ein harter Verhandler.«

Jede Psychiatrie braucht einen Pfleger wie Will, finde ich.

Will stellt die Stoppuhr in seinem Handy auf exakt fünfzehn Minuten. Als sie piept, schieben wir mit einem lauten Scharren die Stühle zurück und verschwinden blitzschnell aus der Eisdiele. Die Frau hinter der Theke winkt uns mit ihren Wurstfingern hinterher.

»Nur eine kurze Runde und in gemäßigtem Tempo, ist das klar?«

»Du bist total unprofessionell, weißt du das?«, sagt Elle zu Will, während sie lässig ihre Handschuhe überstreift. Es sind Rentiere mit Bommelnasen drauf.

»Das ist bloß ein Witz«, erklärt Jasper.

Aber sie hat recht, Will ist wirklich unprofessionell. Er sollte uns nicht im Park spazieren gehen lassen, aber wir beschweren uns nicht. Wir gehen an quietschenden Schaukeln vorbei, noch nass vom Frost der letzten Nacht, und einem ehemaligen Skatepark voller Grafitti. Für Typen wie uns, die Tag und Nacht eingesperrt sind, ist eine Runde im Park Gold wert.

Also erzählen wir keinem von unserem Spaziergang im Park mit seinen grellen Sonnenflecken, toten Efeuranken und angefrorenen Zigarettenkippen. Will könnte schneller rausfliegen, als unsere Spazierrunde dauert, und dann würden wir mit ständig neuen Gestalten in Schwesternuniform festsitzen, die dauernd Schichtwechsel haben.

Aber er hat die Sehnsucht nach Freiheit in uns geweckt.

Nachts schneit es. Am Morgen öffnen die Schwestern die Tür in den Garten und lassen uns nach draußen. Eiskalte Luft strömt uns entgegen.

Wir spielen im Schnee, als ob wir Achtjährige wären und nicht Teenager. Aber Leuten wie uns, die im Irrenhaus eingesperrt sind, kann man kaum vorwerfen, dass sie den ganzen Vormittag Schneemänner bauen, oder? Wir werfen Schneebälle auf das halb geöffnete Fenster von Dr. Flores. Der reagiert erst, als Jasper trifft und ein Schneeball auf seinem schmuddeligen Teppich landet. Da streckt er den Kopf aus dem Fenster, mit einem sonderbaren Gesichtsausdruck. Ich glaube, er lächelt. Vielleicht irritiert es ihn, dass uns der Schnee so schnell von unserer Traurigkeit geheilt hat. Unsere roten Gesichter und prustenden Stimmen könnten ihm den ganzen Tag zu denken geben. Er winkt, macht das Fenster zu und setzt sich wieder an den Schreibtisch.

Die große Flucht ist Elles Idee, aber dass wir sie wirklich durchziehen, ein Gemeinschaftswerk. Die anderen sind schon wieder reingegangen, aber wir drei sitzen noch ganz hinten im Garten neben den eingegangenen Topfpflanzen – einem Überbleibsel aus dem Gartenklub, der nicht lange existiert hat.

»Der Zaun ist nicht besonders hoch. Wenn wir wirklich abhauen wollen, kann uns keiner daran hindern«, sagt Elle.

Kurz überlege ich, ob das ein Witz sein soll. Das Innere von Iris war unter einem dramatischen Lidstrich verborgen, keiner hat gemerkt, was in ihr vorgeht. Iris war still, Elle trägt ihr Herz auf der Zunge. Aber geheimnisvoll sind beide.

»Dahinter ist der Parkplatz und sonst nur Straßen, das kann ich von meinem Fenster aus sehen. Zehn Sekunden und wir wären weg.«

»Eher zwanzig, schätze ich.« Jasper grinst. »Zwanzig Sekunden bis zur Freiheit.« Seine schwarzen Haare fallen ihm in die Augen, ungeduldig schiebt er sie zurück.

»Hört zu.« Elle steht auf. »Wenn wir die Bank da vorne näher an den Zaun schieben, sind wir schon fast drüber. Wir sollten das wirklich machen.«

Schnee verändert die Leute, hab ich das schon gesagt?

»Ja, das machen wir.« Wir klatschen uns ab.

»Jetzt gleich?« Jasper grinst und springt auf.

»Wohin gehen wir?«, will ich wissen.

»Keine Ahnung«, erwidert Elle, nimmt meine Hand und zieht mich zur Bank. »Ist doch scheißegal, oder?«

Elle hat wirklich keine Ahnung, nicht die geringste.

Über den Zaun zu kommen ist schwerer als gedacht. Durch den Schnee ist das Holz feucht und rutschig, man kriegt keinen Halt. Als ich nach oben greife, gräbt sich erst mal ein Nagel in meine Handfläche. Ich zapple mit den Beinen, scharre hilflos mit den Füßen über die Bretter.

»Wart mal«, sagt Jasper, »ich mach eine Räuberleiter.«

»Das übernehme ich«, mischt sich Elle ein. »Du bist ›körperlich beeinträchtigt‹, vergiss das nicht, Jasper.«

»Halt die Klappe.« Jasper klingt sauer, aber er lacht dabei. »Und beeil dich.«

Ich schwinge die Beine rüber und hänge jetzt auf der anderen Seite, mein Brustkorb wird gegen den Zaun gepresst. Der Boden ist weiter weg, als ich dachte. Ich lasse los, falle in den Schnee und schnappe nach Luft.

Jasper und Elle lachen über mein Geächze. »Jetzt macht schon, sonst krieg ich als Einzige Ärger«, sage ich.

»Ach, weißt du, wir haben's uns anders überlegt. Bis später dann, Tay«, höre ich Elle sagen, aber da hangelt sich Jasper schon über den Zaun.

»War bloß Spaß«, sagt er.

Ich strecke ihm die Zunge raus. Elle klettert geschickt hinter ihm her und landet weich im Schnee. Sie kann das eindeutig besser als wir.

»Willkommen auf der anderen Seite.« Elle präsentiert uns mit großer Geste den schmutzigen Parkplatz.

»Nicht gerade das Gelobte Land«, sagt Jasper. »Wir sollten hier verschwinden.«

Rennen ist nicht leicht, wenn du dich wegschmeißt vor

Lachen. Ich bin schon außer Puste, bevor wir aus der Einfahrt sind. Der Tag ist berauschend: das eisige Sonnenlicht, die eingeschneiten Bäume, die klirrend kalte Luft. Jeder Atemzug schmeckt nach Freiheit. Am liebsten würde ich wild herumwirbeln und kreischen. Alles ist so aufregend, dass mir schwindlig wird.

Unsere Schritte drücken gefrorene Stapfen in den Schnee.

Als wir durch das Kliniktor rennen, höre ich einen Alarm losschrillen, zumindest bilde ich mir das ein. Dass das Tor ausgerechnet an diesem Tag offen steht, ist einfach Glück.

Durch den Schnee ist auf der Hauptstraße fast kein Verkehr. Wir rennen mitten auf der gestreuten Straße, der Splitt knirscht unter unseren Füßen. Mit jedem Schritt klopft mein Herz lauter, teils vor Begeisterung, teils vor Stress.

»Mann, wir haben das echt durchgezogen!«, sagt Jasper keuchend. »Kaum zu glauben.«

Elle lacht und dreht sich im Kreis, die Hände zum Himmel gereckt. Die Bäume am Straßenrand sind voll Schnee, die knorrigen braunen Äste biegen sich.

»Wir sind so verdammt frei!«, ruft sie und schnappt wieder meine Hand. Wir rennen die leere Straße entlang, unsere Füße patschen durch den matschigen Schnee.

Zwanzig Minuten später halten wir endlich an, versteckt in einer Seitenstraße. Jasper geht auf dem Pflaster in die Hocke, er keucht jetzt noch mehr. In dem grauen Licht wirken seine mageren Hände blass und nackt.

»Wo sind wir?«, fragt er und schaut hoch zu Elle.

»Keine Ahnung, aber das ist doch egal, oder? Wir können machen, was wir wollen.«

»Wie lange dauert's wohl, bis die uns suchen?«

»Ich wette, das tun sie schon.« Ich denke an den Alarm. »Bestimmt findet die Polizei uns bald.«

»Sei nicht so pessimistisch«, sagt Elle und wir laufen weiter die kleine Seitenstraße entlang, die immer schmaler wird und irgendwann wieder auf die Hauptstraße trifft. Elle biegt auf einen Fahrweg ein, der von der Straße wegführt. Jasper und ich folgen ihr.

Nach einer Stunde sind wir aus der Stadt draußen. Wir laufen langsam und bedächtig, und irgendwann führt der Weg in ein dichtes Wäldchen.

»Hier ist es herrlich, findet ihr nicht?«, plappert Elle. »Die Welt ist so schön und wir sind unbesiegbar!« Kichernd greift sie nach meiner Hand. In ihren Augen leuchtet ein fiebriges Hochgefühl, das von zu viel Schnee und zu wenigen Medikamenten kommt.

Es schneit wieder leicht, zarte Flocken schweben durch milchiges Licht. In der Ferne hört man das Brummen einer Autobahn, es klingt wie ein Nest voller Hummeln, aber um uns herum ist nichts. Eine Elster krächzt und landet vor uns auf dem Weg. Ob das ein schlechtes Zeichen ist? Als ich mich umsehe, entdecke ich eine Taube und beschließe, dass die alles Unglück abwendet. Ich denke nicht mehr an die Polizei. Auch nicht an meine Probleme oder an Dr. Flores oder Iris. Es gibt nichts, worüber ich nachdenken muss. Keine Sorgen, nur Freiheit.

Ich drehe mich zu Elle und Jasper um. Jaspers magerer Körper zittert. Seine Lippen sind grau.

»Mir ist scheißkalt, echt«, sagt er.

Elle findet das komisch. Sie zieht ihren Pullover aus und gibt ihn Jasper, der zwischen seinen Zitteranfällen hektisch nach Luft schnappt.

»He, wir sind doch noch gar nicht lange draußen, Jasper, du kannst jetzt nicht sterben!«

Jasper zeigt ihr den Mittelfinger. »Wer hat noch mal diese beschissene Idee gehabt?«

»Elle«, antworte ich. »Sie ist schuld, wenn du draufgehst, nicht ich.«

»Aber du bist meine Komplizin! Ich hab ihn nicht alleine umgebracht, das ist zu viel der Ehre.« Elle hüpft vor uns her und lässt die feinen Schneeflocken in pulvrigen Kaskaden hochsteigen. »Und ihr habt echt keinen Grund, euch zu beschweren. Die Welt liegt uns zu Füßen!«

Was vor uns liegt, ist die Autobahn, ein brausendes graues Band, das die Landschaft durchschneidet wie eine Wunde. Motoren dröhnen und der Geruch von Abgasen driftet über den Schnee.

»Das ist eine Straße«, sagt Jasper. »Und zwar eine verdammt hässliche. Wir müssen umdrehen.«

»Sei nicht blöd, umdrehen ist doch das Letzte. Kommt schon!« In Elles Gesicht blitzt eine Wahnsinnsenergie auf. Sie hält mich immer noch fest, wie eine Mutter ihr kleines Kind. Die Sonne glitzert auf dem Schnee. Die Wolken sind in den Himmel geätzt wie Lachmünder. Die Welt lacht. Elle lacht. Sogar Jasper lacht, weil wir frei sind. Auf diese Art ist Abhauen super. Wenn es bedeutet, dass du dich von Aufregung und Spontanität überfluten lässt, dass du schreien willst vor lauter Begeisterung, komme ich bestens damit klar.

Am Autobahnrand hört der Schnee auf. Abgase wirbeln, Motoren heulen, Jasper packt mich an der Schulter. Hupen, zweimal, dreimal, viermal. Jasper brüllt mir ins Ohr, aber ich renne weiter, werfe die Arme in die Luft, liefere mich den Motorhauben der heranbrausenden Autos aus. Aber es erwischt mich keins. Ich renne weiter, schneller, immer schneller, sauge keuchend kalte Benzinluft ein, blicke stur auf den Mittelstreifen. Jaspers Finger krampfen sich um meine Schulter. Hektisch suche ich nach Elle, nach dem Aufblitzen von roten Haaren. Aber da ist keine Elle.

Ich hechte zu dem schmalen Streifen zwischen den Fahrbahnen, erreiche ihn taumelnd.

»Elle!«

Der Fahrer eines blitzenden Jaguars macht das Fenster runter und flucht. Die Autos werden wieder schneller. Jasper lässt mich los, er hechelt wie ein Hund.

»Wo ist sie?«, fragt er.

Ich stöhne. Mein Herz klopft so wild, dass es mir fast aus der Brust springt.

»Ich hab's gewusst … ich hab gewusst, dass das passiert.« Ich wusste, es wird irgendwen erwischen. Jasper nickt, als wäre vollkommen klar, was ich meine. Wir stehen da, vor uns der Teil der Autobahn, den wir eben überquert haben.

»Dass was passiert?«

»Elle!« Meine Stimme überschlägt sich. Ich ziehe sie an mich, umarme sie so heftig, dass ihre Stirn gegen meinen Unterkiefer prallt.

»Wieso habt ihr so viel Schiss?« Sie grinst. »Immer denkt

ihr gleich das Schlimmste. Ich bin schon viel länger hier als ihr.«

Ich lache, aber es klingt matt. »Ich dachte, du bist tot.«

»Weiß ich doch«, meint sie leichthin. »War ja nicht zu überhören.«

»Sei nicht blöd«, sage ich.

Sie nimmt meine Hand, so wie sie es immer macht. »Tut mir leid.« Aber sie meint es nicht ernst.

»Wir müssen irgendwie da rüber«, sagt Jasper nach einer Weile.

»Ja.«

Beim zweiten Mal klammere ich mich an Elles Oberteil, während sie sich geschickt zwischen den dahinjagenden Autos durchschlängelt. Wir brauchen zwanzig Sekunden, zwanzig lange, stressige Sekunden, die von quietschenden Bremsen und wildem Gehupe unterbrochen werden.

»Scheiße«, sagt Jasper, als wir auf der anderen Seite die Böschung hochklettern.

»Wer hatte bloß diese blöde Idee?«

Über ein flauschig weißes Feld laufen wir auf ein paar Häuser in der Ferne zu, die so was wie Zivilisation signalisieren. In meine Füße bohren sich Eisnadeln. Jasper klappert mit den Zähnen.

»Kommt, wir suchen eine Straße«, sagt Elle schwungvoll. Ihr scheint die Kälte nichts auszumachen.

»Ist das dein Ernst?«, faucht Jasper. »Eine Straße hatten wir eben. Wir wären beinahe gestorben.«

»Ach was«, sagt Elle wegwerfend. »Außerdem meine ich eine andere Art Straße. Dir ist kalt und ich hab eine Idee.«

*Steig nie zu fremden Männern ins Auto.* Das denke ich, als sich Elle zum Trampen mitten auf die Straße stellt und der erste Wagen anhält. In dem zerbeulten VW-Bus sitzt ein nicht mehr ganz junger Mann mit Bart und Kopftuch, Augenbrauen-Piercings und einer übergroßen Lederjacke.

»Verdammte Scheiße«, brummelt Jasper, als sich Elle grinsend wie ein Honigkuchenpferd auf Ecstasy durchs offene Busfenster beugt. Auf der Motorhaube ist ein violettes Bild von Ziggy Stardust.

»Er nimmt uns mit!«, ruft Elle. »Kommt schon!«

»Wir können doch nicht einfach so zu irgendwem ins Auto steigen«, zische ich.

»Sei nicht so langweilig. Der ist echt nett, er setzt uns in der Stadt ab!« Ihr Gesicht ist schon wieder ganz rot.

»Er trägt ein Kopftuch«, sagt Jasper leise.

»Na und?«, gibt sie spitz zurück.

Ich verdrehe die Augen.

»He, was ist, kommt ihr jetzt, Leute?« Der Mann streckt den Kopf aus dem Fenster.

»Hier können wir nicht bleiben, Jasper ist schon kurz vorm Abkratzen, also lasst uns einsteigen. Das bringt Spaß!« Sie nimmt Jasper am Arm und bugsiert ihn zu dem Campingbus. Er wirft mir einen fassungslosen Blick zu.

»Du bist unglaublich«, sage ich zu Elle, während sie theatralisch die Tür aufschiebt. Aber ich steige trotzdem ein.

Drinnen ist der Bus eng und vollgestopft. Auf einem Sitz ein Grillrost mit verkohlten Fleischresten, in einer Ecke ein Berg ungewaschener Klamotten.

»Schiebt einfach alles beiseite«, sagt der Mann und dreht das Radio leiser. Irgendein Song von Queen.

Elle lässt die Schiebetür zukrachen und hüpft auf den Beifahrersitz. »Ich bin Elle«, verkündet sie strahlend. »Und das sind Jasper und Tamar.«

»Ralph«, brummt der Typ.

Jasper hört nicht auf zu zittern. Als Ralph den Motor aufheulen lässt und über den Schotter losholpert, steigt mir der widerliche Geruch von verbranntem Gummi in die Nase. Ein leerer Kleintierkäfig scheppert zu Boden, als wir losfahren.

»Weingummis?« Ralph hält uns ein Päckchen hin.

*Steig nie zu fremden Männern ins Auto. Und nimm von Unbekannten niemals Süßigkeiten an.* Hoffentlich ist da nichts Fieses drin.

Die verschneiten Hügel in der Ferne sehen aus wie eine einzige endlose weiße Fläche. Ralph tritt aufs Gaspedal und wir machen uns auf den Weg in die Stadt. Als Elle eine politische Diskussion beginnt, dreht er das Radio wieder lauter.

»Aber wir brauchen Atomwaffen, ganz klar. Schließlich gibt's da draußen ein paar Verrückte ...«

»Schätzchen, wie's aussieht, verstehst du ziemlich wenig von der Welt, also behalt deine Meinung besser für dich.«

Dr. Flores behauptet, Elle hätte Wahnvorstellungen – sie würde sich einbilden, dass sie etwas ganz Besonderes und unbesiegbar wäre. »Gequirlter Mist«, habe ich gesagt, als sie mir das erzählt hat, weil Elle ja wirklich etwas ganz Besonderes ist. Da hat Elle gelacht und gesagt: »Der Typ hat keinen blassen Schimmer, was?«

Jetzt muss ich wieder daran denken. Ob nun ich Elle die ganze Zeit für wunderbarer gehalten habe, als sie ist, oder sie sich selbst – irgendwer hat jedenfalls ein Problem. Nicht zum ersten Mal an diesem Tag verfluche ich, keinem gesagt zu haben, dass sie ihre Tabletten ausspuckt.

Wir schlingern um einen Kreisverkehr und sind in der Stadt.

»Wo soll ich euch rauslassen?«, fragt Ralph. Er wendet sich an Jasper und mich und ignoriert Elle, die inzwischen über die Vor- und Nachteile von Recycling vor sich hin plappert.

»Gleich hier ist gut«, antwortet Jasper hastig. »Vielen Dank auch.« Er schnallt den Sicherheitsgurt ab und springt aus dem Bus, so schnell er kann.

»He, eure Freundin ist ziemlich schräg drauf, was?«, flüstert mir Ralph zu, als ich aussteigen will.

»Stimmt, aber machen Sie sich nichts draus.« Ich lächle und springe Elle hinterher. »Sie ist psychisch gestört. Danke fürs Mitnehmen!«

»Euch ist schon klar, dass die uns umbringen, wenn wir zurückkommen?« Elle fährt sich mit dem Finger quer über die Kehle.

»Ach komm, wir müssen zurück«, sage ich. »Vor allem du, wegen der Zwangseinweisung. Das meine ich nicht böse.«

Elle guckt schief, wird aber nicht wütend. »Sei nicht so langweilig. Die können mich nicht zwingen.«

Ich seufze. Genau das können sie nämlich doch. In der

Hinsicht sind Jasper und ich besser dran. Wir sind freiwillig in der Psychiatrie. (Was nur heißt: Solange wir uns ordentlich benehmen und dableiben, obwohl wir das nicht wollen, droht uns jedenfalls keine Zwangsmaßnahme.) Bei Elle ist es anders, sie ist per Gesetz an Lime Grove gekettet.

Jetzt ist Zeit für den Nachmittags-Snack. Alice kriegt zwei Becher Joghurt und einen Apfel, natürlich klein geschnitten. Und dazu eigentlich eine Tüte Chips, aber meistens trickst sie sich da raus, also sammeln sich mit der Zeit jede Menge übrig gebliebene Chips für die anderen an. Danach ist Kunstgruppe und alle sitzen im Kreis um den Kunsttisch. Alice malt wahrscheinlich die Hand vom kleinen Will mit Acrylfarbe an, als ob es Henna wäre. Kann sein, dass das nervtötend langweilig wäre, aber immerhin könnte ich Emma um eine Tasse Tee mit Milch und zwei Würfeln Zucker bitten, und warm wäre es auch.

Der Polizeiwagen steht vor uns auf dem Bürgersteig, bevor wir reagieren können. Das Blaulicht blinkt weiter, als zwei Polizisten aus dem Auto stürzen und uns einkreisen.

Der erste Beamte ist so kräftig, dass es aussieht, als würde er gleich seine Stichschutz-Weste sprengen.

»Was zur Hölle habt ihr euch gedacht?«, brüllt er. »Die halbe Polizeitruppe ist im Einsatz wegen drei vermissten Teenagern. Und ein Rettungshubschrauber.« Das scheint ihn nicht wirklich froh zu machen. »Verdammte Scheiße.«

»Also«, meint der zweite Polizist. »Könnt ihr uns sagen, was das soll? Hoffentlich habt ihr eine gute Erklärung.«

Diesen Moment – wie immer den unpassendsten überhaupt – wählt Elle für einen ihrer spektakulären Lachanfälle.

»Das ist nicht lustig. Habt ihr keine Handys?«

»Nein, haben wir nicht«, sagt Jasper, während ich versuche Elle mit einem kalten, aber unauffälligen Blick zur Vernunft zu bringen. Aber anscheinend macht es dieser Blick nur noch schlimmer.

Der zweite Polizist schnaubt. »Keine Handys? Wollt ihr mich verarschen? Wie alt seid ihr, sechzehn? Einer von euch muss ein Handy haben.«

»Ab in den Wagen«, sagt der Kräftige.

Einen Augenblick später sitzen wir eng gedrängt auf der Rückbank. Die Polizisten steigen vorne ein und brüllen in ihre Funkgeräte.

»Ja, wir haben sie. Kein Problem. Kommen.«

»War echt ein toller Tag, was?«, fragt der zweite Polizist. »Über die Autobahn rennen und so?«

»Tut uns wirklich leid«, sagt Jasper leise.

Ich nicke und versuche Elle zu ignorieren, die sich anstrengen muss nicht wieder loszulachen. Der Polizeiwagen riecht nach Benzin und kandierten Kirschen, was vielleicht von dem billigen Duftbäumchen am Rückspiegel kommt. Der erste Polizist seufzt demonstrativ.

»Kann ich mir vorstellen. Im Nachhinein wirkt das wohl alles nicht mehr so witzig, was?«

»Nein.«

»Na gut, dann bringen wir euch kleine Idioten wohl besser mal nach Hause«, sagt der zweite Polizist, legt den Gang ein und steuert den Wagen zur Straßenmitte.

»Wer wohnt am nächsten?«

»Wir, na ja, wir wohnen zusammen«, sage ich schnell.

»Seid ihr verwandt?« Skeptisch dreht er sich um und beäugt uns.

»Nein, wir sind bloß …«, setzt Jasper an.

»Wir kommen aus der Psychiatrie, aus Lime Grove«, erklärt Elle. Anscheinend hat sie sich wieder gefangen.

Auf einen Schlag ändert sich die Haltung der beiden Beamten. Der erste nickt, dann dreht er sich wieder zu uns und lächelt krumm. Rechts oben hat er einen Goldzahn.

»Na ja, hoffentlich hattet ihr einen guten Tag in Freiheit, jetzt werdet ihr nämlich wieder eingesperrt.« Der Wagen gerät kurz ins Schlingern und wir fahren durch den Schneematsch nach Lime Grove.

Die Stimmung dort ist noch frostiger als das Wetter. Dr. Flores ist schon nach Hause gegangen, aber eine ganze Armee ärgerlicher Krankenschwestern empfängt uns. Die Polizisten gucken fast noch ängstlicher als wir, als sie Emmas pochende Schläfen und ihren grimmigen Blick sehen. Sie haben uns kaum abgeliefert, da murmeln sie, dass ihr Part ja nun erledigt wäre, und verdrücken sich. Emma muss keinen Ton sagen, um ihre Botschaft rüberzubringen. Wenn Elle doch bloß nicht so grinsen und zappeln würde, während wir auf den Stühlen beim Empfang sitzen und warten nacheinander gefilzt zu werden.

»Tamar«, sagt Emma eisig und führt mich durch die erste Schleuse, ohne mir in die Augen zu sehen. »Zieh deine Schuhe aus. Den Pullover und den BH auch.«

Ich tue es. Emma sagt nichts mehr, sondern guckt nur grimmig. Sie sucht mich mit dem Metalldetektor ab und prüft auch meine Schuhsohlen. Die Stille dröhnt.

»Tut mir leid«, sage ich, während Emma die Polster in meinem BH abtastet.

»Ihr habt euch sagenhaft unreif benommen«, schnauzt Emma. »Ich will den restlichen Abend nichts mehr von euch hören.«

Das war es dann. Wir werden wie unartige Kinder ohne Essen ins Bett geschickt. Außer Jasper, der muss natürlich sein Abendbrot haben. Elle hört erst auf zu kichern, als sich die Zimmertür hinter ihr schließt.

# VORHER

Als ich zum ersten Mal angezogen auf dem Boden meines Zimmers einschlief, wurde ich wach, weil es irgendwie verbrannt roch von der Zigarette, die ich auf dem Teppich ausgedrückt hatte. Brew, unser Hund, war auf einmal bei mir. Kerzengerade saß er da, hechelte und fiepte dicht an meinem Ohr. Ich streckte die Hand aus und fasste nach seinem Halsband. Mein Kleid war ganz zerknittert. Ich ging zum Fenster und machte es zu; jetzt im Morgengrauen blies ein scharfer Luftzug ins Zimmer. In meinem Kopf hämmerte es, was an den Zigaretten liegen musste. Ich schmeckte sie immer noch in meiner Kehle. Langsam und bedächtig zog ich das verschwitzte Kleid aus und warf es auf meinen Stuhl. Der Berg mit Schmutzwäsche wurde immer höher – kein Wunder, Panikattacken fördern eben den Klamottenverbrauch. Ich krabbelte ins Bett.

Das Monster hatte mit einer Nagelschere, einem Kratzer und einem kurzen Autsch angefangen. Aber dabei war es nicht geblieben.

Später, als es langsam hell wurde, ging die Zimmertür auf und prallte gegen die Kommode. Mein Dad stand in der Tür, in dem pinken Hemd, das Mum nicht ausstehen konnte, und mit einem angewiderten Gesichtsausdruck.

»Verdammt, hier riecht's wie in einer Tabakfabrik.« Er machte das Fenster wieder auf. »Im Haus wird nicht geraucht, Tamar, das haben wir fest ausgemacht. Ist doch nicht schwer zu verstehen, oder?«

»Ich war doch am Fenster«, sagte ich lahm, setzte mich auf und grub die Finger in Brews Fell.

»Komm mir nicht damit. Wenn du unbedingt rauchen musst, geh in den Garten und fertig.«

»Tut mir leid. Wirklich.«

Er seufzte. »In einer halben Stunde musst du los in die Schule, also sieh zu, dass du fertig wirst.«

»Okay«, sagte ich.

Schuluniform an: knittrige Bluse, Krawatte, Blazer mit zu kurzen Ärmeln.

Ich weiß, eigentlich wollte ich das Haus nie mehr verlassen. Aber manchmal ist es keine gute Idee, sich an die eigenen Vorsätze zu halten. Vor allem, wenn man zu falschen Entscheidungen neigt.

Dad brachte mich zur Schule, weil ich alleine keine öffentlichen Verkehrsmittel mehr benutzte. Meine Angst war zum Dauerzustand geworden.

»Danke«, sagte ich beim Aussteigen.

Ich zählte meine Schritte vom Schultor bis zum Eingang. Genau hundert.

In Geschichte saß ich ganz hinten im Klassenzimmer, drehte Zigaretten und türmte sie hinter meinem Mäppchen zu einer kleinen Pyramide auf. Ich drehte Zigaretten und redete. Jedenfalls war ich mir vage bewusst, dass sich meine

Lippen bewegten. Thema des Tages: Sandwiches gegen Wraps.

*Also wenn man genau drüber nachdenkt, ist ein Wrap viel abwechslungsreicher. Wobei man natürlich das gleiche Zeug auch in ein Sandwich packen kann, aber vom besseren Geschmack mal abgesehen ist der Unterschied, dass ein Sandwich, wenn es getoastet ist, anders heißt, Panini oder Toast oder so. Ein Wrap ist immer ein Wrap, er verändert sich nicht. Wobei man natürlich keinen Marmeladen-Wrap machen kann, jedenfalls wäre das superschräg. Also sind Sandwiches letztlich doch irgendwie besser …*

Solche Monologe führte ich ziemlich oft. Dabei war ich nicht weggetreten, eher im Gegenteil. Es dauerte nicht lange und die vertraute Panik machte sich in mir breit. Ich sah mich um: gesenkte Köpfe, wildes Vor-sich-hin-Kritzeln, keiner, der mich beachtete.

Erst mal musste ich nicht viel mehr tun, als ein paar Wörter abzuschreiben. *Im Zweiten Weltkrieg wurde die allgemeine Wehrpflicht eingeführt, weil …*

*Ich kann das nicht.*

*Wieso verstehe ich das nicht?*

*Vielleicht sollte ich einfach aufstehen und abhauen.*

*Oder in Tränen ausbrechen.*

*Oder beides.*

*Nein, nein, nein.*

*Ich bin die Einzige in der Klasse, die das nicht kapiert.*

*Alle werden ihren Abschluss in Geschichte schaffen, bloß ich nicht. Ich bin einfach zu blöd.*

*Dabei war ich mal gut in Geschichte. Was ist passiert?*

»Ich kann das nicht. Das ist absolut unmöglich.«

»Doch, du kannst das, Tamar.« Mr Peters klang halbwegs sauer. »Und lass die Zigaretten verschwinden, sonst mach ich das für dich.«

Wenn ich Angst habe, rede ich wie ein Wasserfall; aber wenn mich die Panik packt, werde ich still, klein und gelähmt.

Toby kritzelte wild vor sich hin, sein Ellbogen stand zur Seite weg. Er hatte alles im Griff.

Mia beugte sich tief über ihr Buch, auch ihre Hand bewegte sich schnell über das Blatt. Sie hatte alles im Griff.

*Alle haben es im Griff.*

*Ich bin die Einzige in der Klasse, die Einzige auf der Welt, die verloren und verwirrt ist. Die Einzige auf der Welt, die solche Angst hat und diese verdammte PowerPoint über die Wehrpflicht einfach nicht begreift.*

Vorhofflimmern, Myokardinfarkt, Herzstillstand. In den Minuten, bevor es passierte, spürte ich es kommen. Ein rasender Puls, ein Stolpern und Ruckeln in meiner Brust. Meine Finger kribbelten, mein Kreislauf stockte. Irgendwas war blockiert, das Blut kam nicht durch, der Druck wurde immer stärker, die verstopfte Ader immer dicker. Ganz klar, ich würde sterben.

Der Schrei war schrill und schwach, er zerriss die Stille raschelnder Papiere. Ich krachte auf den Boden, zugleich kippte mit lautem Scheppern der Stuhl um. In meiner Brust brannte ein Feuer: Ein brutaler Schmerz schoss von meinen Rippen bis hoch ins Schlüsselbein, ein Lavastrom tobte in meinen Adern, raste durch die Aorta bis in mein Herz.

»Verdammt, was soll das, Tamar?« Mia sprang auf.

»Ruf den Notarzt«, keuchte ich heiser. »Mein Herz steht still!«

»Herrgott noch mal, tut es nicht. Lass dieses verdammte Theater«, sagte Mia.

»Kannst du dich aufsetzen?« Mr Peters kniete sich neben mich. »Toby, hol die Schulschwester.«

»Nein!«, schrie ich. »Ich sterbe!«

»Atme einfach tief durch ... Einatmen. Ausatmen. Ein. Aus ...«

*Wie viele Fünfzehnjährige haben einen Herzinfarkt? Ein. Aus. Wie viele davon sterben auf dem Boden eines Klassenzimmers?*

Die Schulschwester kam gerannt, den Erste-Hilfe-Koffer in der Hand. Sie wirkte, als hätte sie ihr ganzes Leben auf diesen Moment gewartet.

»Zieh deinen Ärmel hoch«, sagte sie und holte ein Gerät zum Blutdruckmessen heraus.

»Was?«

Toby, Mia, Mr Peters und jeder einzelne gottverdammte Schüler im Raum starrten mich an.

»Komm schon, ich muss deinen Blutdruck messen«, wiederholte die Schwester ungeduldig und klopfte sich aufs Knie. »Zieh den Ärmel hoch.«

»Nein«, fauchte ich und wich zurück. »Mir geht's schon besser. Alles okay.« Dabei war überhaupt nichts okay. In meinen Ohren rauschte es.

»Eben war dir noch zum Sterben«, sagte Mia.

»Es reicht, Mia«, ging Mr Peters dazwischen.



1 sae

»Roll endlich deinen Ärmel hoch. Ich muss deinen Blutdruck messen. Du hast gesagt, du stirbst.«

Der nächste Moment zerschlug meine brüchige Maske – Masken halten immer nur für eine Weile – und zerstörte alles Normale, Sichere, Vertraute in meinem Leben.

Die Schwester schob jetzt selbst meinen Schulpullover bis zur Schulter hoch. Der Ärmel bauschte sich und Flusen blieben in den Härchen auf meiner Haut hängen.

Alle im Klassenzimmer schnappten leise nach Luft.

»Scheiße, was hast du denn mit deinem Arm gemacht?«, fragte Mia.

Die Schulschwester interessierte sich nicht mehr für meinen Blutdruck.

»Es wäre wohl besser, wenn du mitkommst«, sagte sie.

Als wir uns mit sechs zum ersten Mal begegnet sind, konnte mich Mia nicht leiden. Sie machte den Yenga-Turm kaputt, den ich in einer ruhigen Schulhofecke gebaut hatte, wo die Wände gefliest waren und der Boden ein gemustertes Pflaster hatte, und rannte anschließend mit Krokodilstränen in den Augen und klimpernden Wimpern zur nächsten Lehrerin. Ich hätte ihren Yenga-Turm kaputt gemacht, behauptete sie, den Turm, mit dem sie sich so furchtbar viel Mühe gegeben hätte. Als die Lehrerin kam und mit mir schimpfte, schnappte ich einen Holzblock und wollte ihn Mia an den Kopf werfen, was aber nicht klappte. Statt sie zu treffen, landete er ein paar Zentimeter neben ihren Schuhen.

»Tamar!« Die Lehrerin führte mich mit festem Griff zur »Strafwand« ab, wo ich wegen meines abscheulichen Verbrechens die restliche Pause über still stehen bleiben musste. Mit dem Finger fuhr ich über die Fugen zwischen den roten Backsteinen. Ich weiß noch genau, wie sich der raue Mörtel unter meinen sechsjährigen Fingern angefühlt hat und ich leise in mein knittriges Schulkleid geweint habe, während Mia beim Fußballspielen die Jungs umrannte – etwas, das ich auch gern gemacht hätte, mich aber nicht traute. Als sie merkte, dass ich ihr zusah, streckte sie mir die Zunge raus und grinste wie eine zum Leben erwachte Porzellanpuppe. Ja, Mia konnte mich nicht leiden. Aber ich mochte sie genauso wenig.

Letztlich hat uns Toby diese Freundschaft aufgezwungen. Eines Tages ließ er sich nämlich auf ein Knie sinken – ein schmutziges, aufgeschürftes Knie mit Matschresten dran – und machte Mia in der gleichen Schulhofecke einen Antrag. Wieder klimperte sie mit den Wimpern, auf eine Art, die eine Sechsjährige nicht können sollte. Toby erklärte ihr, sie wäre das schönste Mädchen der Schule und er wäre verliebt in sie.

»Du musst aber auch die Freundin von Tamar sein«, hatte er gesagt und dabei versucht ihrem Stirnkuss auszuweichen. »Wenn wir zwei heiraten, muss Tamar auch deine Freundin sein.«

»Okay«, antwortete Mia. Dann nahm sie meine Hand, drückte fest zu und setzte ein Lächeln auf. »Wir können Freundinnen sein.« Dabei bohrten sich ihre Nägel in meine Handflächen.

# JETZT

»Okay, den Essig habe ich«, sagt Elle, während sich Jasper argwöhnisch vor dem Therapieraum 1 herumdrückt.

»Was treibt ihr da?«, fragt er. Man kann fast sehen, wie er vor lauter Neugier die Ohren spitzt.

»Wir spielen ein Spiel«, erklärt Elle munter. »Machst du mit?«

Jasper geht vorsichtig ins Zimmer und schließt die Tür.

»Wozu sind die Essigtütchen?«

»Das ist doch wohl klar, oder?« Elle verdreht die Augen.

»Wirklich?« Auch Jasper verdreht jetzt die Augen.

»Wir nehmen halt Essig statt Wodka. Jeder muss drei Sachen über sich selbst erzählen und einer rät, was gelogen ist.«

»Und der Essig?«

»Der ist das Pfand«, sagt sie ungeduldig und wirft rabiat die Haare zurück. »Setz dich.« Sie packt seine Fußgelenke und er fällt auf den Sitzsack neben ihr.

»Okay, ist ja gut …«

»Ich fang an!« Elle wirft mir ein schmieriges Essigtütchen zu. »Okay … ich bin zur Hälfte Irin, ich finde Cockerspaniel süß und meine Mum war Prostituierte.«

»Äh …« Ich drehe mich unsicher zu Jasper um, der nur mit den Augenbrauen zuckt.

»Ist doch leicht.« Elle kichert.

»Keine Ahnung. Vielleicht kannst du Cockerspaniel nicht ausstehen?«

»Nein! Ich bin zur Hälfte Waliserin, nicht Irin.«

»Was ist denn daran leicht?«, grummelt Jasper, während ich den Essig aufreiße und mir in den Mund schütte. Ich muss den Würgereiz unterdrücken, als die Säure in die Wunden sickert, die ich mir im Schlaf gebissen habe.

»Klappe«, sage ich, als sie über meine Grimasse lachen.

»Und jetzt du, Jasper.« Elle jongliert aufgedreht mit den Tütchen.

»Tja, mhm.« Er reibt sich das Kinn. »Zu Hause in meinem Zimmer habe ich eine Sammlung mit Kronkorken von Bierflaschen, und …«

»Eine Bierflaschensammlung?« Elle schnaubt. »Wozu das denn?«

»Lass mich ausreden«, sagt Jasper bissig. »Ich bin noch nicht fertig. Ich habe eine Schlange als Haustier und ich liebe Essen.«

»Da ist ja wohl ganz klar das Letzte die Lüge.« Ich lache. »Ich mein's nicht böse, aber …«

»Dann schnapp dir gleich mal den nächsten Essig.« Jasper guckt zufrieden. »Keiner hat gesagt, dass ich Essen nicht mag.«

»Ja, er isst es bloß nicht.« Elle setzt eine wissende Miene auf.

»Aber das ist so widerlich.« Ich halte mir die Nase zu und spritze mir den Essig auf die Zunge.

»Jetzt mach schon, du bist dran.« Elle klatscht in die Hände. Ihr geht immer alles zu langsam. Sie ist der Gepard in einer Welt voller fetter Hauskatzen.

»Oh …« Wer bin ich? Was gibt es über Tamar zu sagen? Manchmal bin ich mir nicht mal sicher, ob der Name überhaupt was mit mir zu tun hat. Was macht mich aus? »Ich laufe. Ich bin eine gute Läuferin, manchmal jedenfalls. Einmal hat mich ein Freund zwei Stunden lang in einem Schuppen eingesperrt, als ich noch klein war. Und ich habe jemanden umgebracht.« Drei Wahrheiten. Was ist bloß mit mir los?

»Komplette Scheiße«, sagt Elle.

Jasper zeigt mit dem Finger auf mich. »Wusste ich's doch. Ich hab gleich bei der ersten Begegnung gesagt, dass du eine Psychopathin bist.«

Ich lache dumpf. »Na also.«

»Die Lüge ist, dass du eine Läuferin bist!« Elle grinst.

»Nein«, sage ich. »Und ich bin wirklich eine Mörderin.«

»Mach dir nichts draus, wir lieben dich trotzdem so, wie du bist«, sagt Jasper.

Aber würden sie das wirklich? Wenn sie die Wahrheit wüssten?

Will platzt ins Zimmer. »Kurze Kontrolle. Alles okay bei euch?«

»Nein. Tamar hat jemanden ermordet«, sagt Elle.

»Ach, wirklich?« Will lacht laut und sarkastisch. »Dann sieh bitte zu, dass du die beiden hier nicht auch noch abmurkst, okay? Ach, und Elle, Dr. Flores will dich sprechen.«

Mit einem Ächzen springt Elle auf.

*Ich werde mir Mühe geben. Es ernsthaft versuchen. Aber ich hab schon eine Freundin umgebracht, also kann ich nichts versprechen.*

Bevor ich antworten kann, ist Will schon wieder mit dem Klemmbrett unterm Arm verschwunden.

Ein paar Minuten lang sitzen Jasper und ich still da, dann schiebt er die Essigtütchen in seine Tasche.

»Wie wär's mit grünem Tee?«, fragt er.

Wir schleichen uns in die Küche – eine von den Aushilfsschwestern hat vergessen die Tür abzuschließen. Durch das Fenster in der Tür kann man direkt zum Stationszimmer gucken, wo das Pflegepersonal zusammensitzt, um irgendwas zu besprechen. Wahrscheinlich die Wetterlage. »Ein angenehmer Tag heute, oder? Nur leider ein bisschen kühl.« Uns ist das Wetter egal, wir kommen ja fast nie raus.

»Verdammte Scheiße, Tamar, beeil dich.« Jasper dreht sich zu mir um. Ich lache.

»Ich kann doch nichts dafür. Der blöde Wasserkocher braucht ewig. Geh vom Fenster weg, sonst sehen sie dich noch.«

Der Wasserkocher dampft und brodelt und klickt. Ich gieße kochendes Wasser in Styroporbecher und lache wieder. Wie dumm das ist: zu lachen, nur weil ich Teewasser koche.

»Und jetzt los!« Jasper öffnet vorsichtig die Tür und winkt mich durch wie auf einer Geheimdienstmission.

»Sei nicht so ein Vollpfosten, kümmer dich lieber um die Tür«, sage ich scharf und er streckt mir die Zunge raus.

»Mach ich, Mum.«

Die Tür zum Patientenkorridor haben wir mit einer zusammengerollten Zeitung blockiert, was keiner mitgekriegt hat, denn im Stationszimmer übers Wetter zu quatschen ist ja viel wichtiger. Wir gehen in Jaspers Zimmer, kleben das Fenster in der Tür mit einem Maroon-5-Poster zu und schließen die Tür ab. Das ist ziemlich sinnlos, weil sie im Notfall sowieso von außen geöffnet werden kann. Aber irgendwie ist es so aufregender. Jasper holt zwei zerknautschte Teebeutel aus seinem Koffer.

»Wie hast du die hier reingeschleust?«, frage ich.

»Hab sie da unten versteckt.« Er zieht sein T-Shirt hoch und lässt den Gummibund von seinen Boxershorts schnappen.

»Soll das ein Witz sein? Die nehm ich nicht!« Ich werfe ihm einen angeekelten Blick zu, aber dann sehe ich ihn grinsen. »Du bist widerlich.«

Wir sitzen neben dem Schrank auf dem Boden und lassen den Tee länger ziehen als nötig. Am Ende ist er nicht mehr grün, sondern hat eine matschbraune Farbe.

»Prost!« Jasper zwinkert mir zu und wir machen uns fast in die Hose vor Lachen, weil die Situation so absurd ist.

»Wir werden irren Ärger kriegen.«

Jasper legt einen Finger auf die Lippen. »Die finden das nie raus«, flüstert er.

Tun sie aber doch. Sie hämmern gegen Jaspers Tür und warten auf Antwort, aber wir sind so durchgedreht von der ganzen Aktion, dass wir das witzig finden. Jasper versteckt sich im Schrank, und als dann der Notfallalarm ausgelöst wird und gleich vier Schwestern auf einmal reinstürmen, finden sie nur mich.

»Was tust du hier? Das ist Jaspers Zimmer. Wo ist er?«

Noch mehr Schwestern kreuzen auf.

»Tut mir leid. Ich verschwinde gleich.«

»Warte mal, Tamar, was läuft hier?«

Ich grinse still vor mich hin, aber die Schwestern finden das nicht komisch. Der Alarm schrillt immer noch durch die Station und Patienten glotzen durch die offene Tür.

»Nichts. Wir haben nur …«

»Wir?«, fragt Emma. »Wieso *wir*?« Im gleichen Moment öffnet eine von den Aushilfsschwestern den Schrank – diejenige, die die Küche nicht abgeschlossen hat. Jasper starrt schuldbewusst ins Zimmer, die schwarzen Haare total zerzaust. Er hat sich in der hintersten Ecke zusammengerollt, als könnte er sich auf die Art unsichtbar machen. Er läuft rot an und ich stolpere aus dem Zimmer. Dabei stoße ich einen von unseren Teebechern um.

Die Schwestern sind stinksauer. Sie überlassen es Jasper, den verschütteten grünen Tee aufzuwischen, und schicken mich zu Dr. Flores. Der sieht mich nicht mal an, als ich reinkomme, sondern räumt weiter seinen Schreibtisch auf. Dabei stört es ihn sonst auch nicht, dass sein Büro immer unordentlich ist. Wahrscheinlich hat er bloß keine Lust, sich mit mir rumzuärgern.

»Wir – meine Kollegen und ich – versuchen hier eine Klinik zu führen, Tamar. In eine Klinik kommen Leute, damit sie gesund werden und sich besser fühlen. Ist dir das klar?« Der Sarkasmus und die Kälte in seiner Stimme erschrecken mich. »Aber du hast anscheinend von Anfang an beschlossen jede Regel zu brechen, die wir zu eurer Sicherheit aufgestellt haben. Warum?« Er legt einen Stapel Notizen in eine Mappe und schiebt sie planlos auf die andere Schreibtischseite.

»Ich hab keine Regeln gebrochen. Ich will nach Hause.«

Er zieht eine Augenbraue hoch. »Du weißt, dass Jasper eine Essstörung hat. Und die Regeln über Kaugummi und grünen Tee kennst du sehr wohl – Kaugummi hast du übrigens auch weitergegeben, das weiß ich genau. Dir muss doch klar sein, dass alle diese Regeln einen Grund haben, und ganz bestimmt nicht den, dich persönlich zu ärgern. Manche Patienten treiben ihr destruktives Verhalten mit solchen Sachen auf die Spitze, ist dir das mal in den Sinn gekommen?«

Ich bin ein ungezogenes Schulkind beim Direktor. Eine Kriminelle vorm Richter.

»Nein«, sage ich matt. »Tut mir leid.«

Er reagiert nicht, sondern sitzt nur still da, als wollte er mir auf die Schliche kommen. Psychiater können das gut, einen so anschauen, dass man sich furchtbar unbehaglich fühlt. Bestimmt ist das eine gezielte Technik, um Leuten Antworten zu entlocken. Bei mir funktioniert sie nicht besonders gut.

»Was willst du von mir?«, sagt er nach einer Weile und

seufzt. »Ich werde dich nicht hierbehalten, wenn du andere Patienten am Gesundwerden hinderst.«

»Dann entlassen Sie mich doch«, gebe ich patzig zurück. »Ich werde hier sowieso nicht gesund.«

»Hier zu sein bringt dir genau das, was du daraus machst«, sagt er. »Denk heute Abend mal darüber nach, in Ordnung? Nächste Woche reden wir weiter. Hast du sonst noch Fragen?«

Ich schüttele den Kopf. »Ich geh dann mal schlafen.«

Oben schließt Emma die Tür zu meinem Zimmer auf, wünscht mir mit mürrischer Miene gute Nacht und setzt sich gleich wieder vor den Fernseher, wo sie von *Supersize vs. Superskinny* auf die Nachrichten umschaltet. Durch die Zimmerwände dringt gedämpftes Gebrabbel über die aktuelle Terrorbedrohung.

Für Menschen wie mich geht nie irgendwas gut aus. Ich kann nicht mal grünen Tee trinken, ohne allen den Tag zu verderben und um ein Haar einen magersüchtigen Mitpatienten umzubringen. Man könnte meinen, die miesen Gedanken würden mich vom Schlafen abhalten, aber das tun sie nicht. Chemie rauscht durch meine Adern und benebelt mein Hirn, also schlafe ich am Ende doch.

»Du hast Besuch, Tamar.« Will kommt in den Aufenthaltsraum. »Ein junger Herr.«

»Wir sind nicht im achtzehnten Jahrhundert«, sage ich.

»Das ändert nichts an den Tatsachen«, erwidert er und lässt sich in einen Sitzsack plumpsen.

»Toby? Ich wusste nicht, dass er kommt.«

»Aha, du kennst den jungen Mann also?«

»Hör auf mit dem Scheiß«, sage ich. »Lässt du mich raus?«

Schnaubend kämpft er sich wieder hoch und schließt mit einem Klacken die Tür auf. Im Korridor steht Toby und fährt sich mit den Fingern durchs Haar.

»Ich kann wieder gehen, wenn das zu ...«

»Nein, nein. Das ist eine nette Überraschung.«

Etwas verändert sich in seinem Gesicht. Ein Muskel unter der Haut, der sich entspannt, oder so. Erleichterung vielleicht. Als er lächelt, lächle ich auch.

»Ach, das ist gut. Eigentlich wollte ich bloß wissen, wie es dir geht. Ich hab auch überlegt, in der Station anzurufen, aber dann fand ich, herkommen wäre vielleicht doch besser.«

»Hier können wir nicht bleiben«, unterbreche ich ihn, bevor er in einen Monolog wie aus *Krieg und Frieden* einsteigt. »Mein Zimmer ist gleich die Treppe hoch.«

Ich habe noch nie einen Jungen mit in mein Zimmer genommen. Und mir wäre im Traum nicht eingefallen, dass das erste Mal so sein könnte, wie es ist: auf einem Klinikbett mit zehn Zentimetern Abstand zwischen uns beiden und einer Krankenschwester, die alle fünf Minuten hereinspäht, als ob wir balzende Pinguine wären. Aber manchmal kommen die Dinge eben anders.

»Also«, sagt Toby, »wie geht's dir? Hier wirkt es, na ja ... eigentlich ganz nett.«

»Hier sind alle komplett verrückt, also geht es manchmal schon hoch her, aber wir kommen zurecht.«

Er grinst, guckt aber so, als würde er sich fragen, ob Grinsen okay ist. Zugleich unbehaglich und frech.

»Gut zu hören, dass es nicht allzu schlimm ist. Als Mum gesagt hat, du wärst in … einer psychiatrischen Klinik« – er senkt die Stimme, als wären diese Wörter tabu – »hat mich das echt umgehauen. Aber ich bin froh, dass es dir besser geht.«

Das hat keiner behauptet.

»Hör mal, Tay, ich will nicht so tun, als ob ich nicht Bescheid wüsste.« Toby sieht mir direkt ins Gesicht. Er hat darauf gewartet, das hier zu sagen, das merke ich. »Deine Eltern … Na ja, die sind ja ziemlich eng mit meinen.«

Ich versuche mir nicht anmerken zu lassen, wie sehr mich das beunruhigt. »Und? Setzt ihr euch jeden Abend zusammen, deine Eltern und du, auf eine Runde Klatsch und Tratsch über die arme Tamar?«

»He, so läuft das nicht, das weißt du doch. Wir machen uns eben Sorgen um dich.«

»Was willst du von mir hören?«, frage ich.

»Ich wüsste gern, warum«, sagt er leise. »Ich versteh den Grund einfach nicht.«

Wie auch? Er kennt das alles nicht. Nächte ohne Schlaf und total übermüdete Tage, an denen nichts anderes im Hirn Platz hat als das pausenlose Geschrei: *Böse, böse, böse, du bist böse. Was berechtigt dich überhaupt zu leben? Gar nichts. Du bist eine Mörderin, du zerstörst das Leben von allen um dich herum. Du bist eine Last. Deine Eltern hassen dich, bei deiner Beerdigung werden sie weinen vor lauter Erleichterung und Freude. Falls es für jemanden wie dich überhaupt eine Beerdigung gibt. Du bist undankbar, hässlich, egoistisch, ein bösartiges Stück Scheiße. Kein Wunder, dass du nicht aus dem Bett kommst. Bleib besser unter der Decke, dann fällst du keinem auf die Nerven. Heute bleibst du unter der Decke und morgen bringst du dich um.*

»Das ist schwer zu erklären«, sage ich. »Ich glaub, mir ging es einfach dreckig. Ich konnte nicht gut schlafen und musste zwei Essays abgeben. Da bin ich … na ja, in Panik geraten.«

»Oh«, sagt er. »Ja, klar. Uns geht es allen mal schlecht. Und Abgabetermine sind sowieso scheiße.«

Ich lächle ihn an, denn ich weiß, er will mir helfen. Er kann ja nichts dafür, dass ich es nicht fertigbringe, darüber zu reden.

»Genau«, sage ich fröhlich. »Wer weiß, was dir noch blüht.«

»Na super.« Er lacht.

»Haben meine Eltern dich hergeschickt?«

»Nein!«, widerspricht er empört. »Ich bin nur – ich hab mir eben Sorgen gemacht, das ist alles …« Unsicher sitzt er auf dem Bettrand.

»Schon okay. Tut mir leid. Danke, dass du gekommen bist«, sage ich.

Wir schweigen.

»Ich hab dir Malteser mitgebracht«, sagt er auf einmal und zieht eine Familienpackung aus seiner Jackentasche. »Kannst du essen?«

Weil er so unglücklich aussieht, nehme ich eine Kugel und

schiebe sie im Mund hin und her, bis die Schokolade schmilzt und ich den rauen Kekskern auf meiner Zunge spüre.

»Und wie geht es dir?«, frage ich.

»Ganz okay. Alles läuft rund. Letzte Woche haben wir die County-Meisterschaften gewonnen. Wir dachten schon, dass wegen dem irren Hagel alles abgeblasen wird, aber dann haben sie's doch durchgezogen.«

Welten trennen Lime Grove und das Crosslaufen. Der perfekte Gegensatz eigentlich: Laufen ist dreckig, da gibt es Wind und Matsch und kalte Luft. So viel Weite, die befreit, und so viel Leidenschaft. Früher bin ich mit Toby gelaufen. Er ist ein fanatischer Sportler, aber er kann auch das Training vergessen und dir innerhalb von einer Stunde jede Droge besorgen, die du willst. Manchmal hat er sich sogar direkt vor einem großen Lauf mit Cannabis zugedröhnt. Ich glaube, ich habe ihn nie grünes Gemüse essen sehen, von dem einen Mal abgesehen, als seine Mum Erbsen im Vanilleeis versteckt hatte. Damals waren wir sechs.

»Und was steht jetzt an?«, frage ich. »Die nationalen Meisterschaften?«

»Ja«, sagt er. »Auf nach London.«

»Wow.«

»Du solltest auch wieder mitmachen. Wenn dir danach ist. Du fehlst uns.«

Er erinnert mich an das eine Mal, als ich auf der Busfahrt zu einem Wettkampf so viele supersaure Gummidrops verschlungen habe, dass der Fahrer auf dem Seitenstreifen anhalten musste, damit ich das Zeug ins Gras kotzen konnte. Das ganze Team musste zurück nach Hause, bevor wir überhaupt am Austragungsort angekommen waren. Damals waren wir zwölf und Toby war superschlaksig, in der Phase der Pubertät, in der der Körper in die Höhe schießt, der Rest aber nicht mitkommt.

Inzwischen sieht er anders aus. Ich schaue ihn genau an, wie er da neben mir sitzt und an den Lauf zurückdenkt, bei dem er sich auf der Strecke verirrt hat und schon nach der Hälfte ausgeschieden ist. Er hat jetzt deutlich mehr Körpermasse und Muskeln und er hustet Teer aus der Lunge hoch – etwas, das er mit zwölf garantiert nicht gemacht hat. Sogar seine Augenfarbe scheint sich verändert zu haben.

Erst als Will an die Tür klopft und verkündet, die Besuchszeit wäre jetzt langsam vorbei, wird mir klar, dass ich den ganzen Abend damit hätte zubringen können, sein Gesicht zu betrachten – das Zucken seiner Lider, die verwuschelten Haare, die ihm in die Augen hängen, die klaren, wie mit Kohle gezeichneten Konturen seiner Kinnpartie.

»Danke fürs Kommen«, sage ich, als ich ihn zum Ausgang bringe. »Das hat Spaß gemacht.«

»Na ja, Tay, da ist noch was, das ich wahrscheinlich sagen sollte …« Er zögert. »Mia …«

Ich bleibe stehen.

»Sie hat in letzter Zeit immer wieder solche Sachen gesagt, du weißt schon, über Iris, und so, und darüber wollte sie halt mal mit dir sprechen, also nur ganz kurz …«

Ich kann den Kloß fast sehen, der Toby im Hals steckt.

Wir sind jetzt am Warteraum angekommen, wo Elle herumtanzt wie eine Gummiente in der Badewanne. Das tut sie ja fast immer, aber diesmal ist es anders: Sie redet dabei nämlich mit einem Mädchen mit elegant durchgestrecktem Rücken und braunen Haaren, die zu einem seitlichen französischen Zopf geflochten sind. Die Lippen des Mädchens bewegen sich, ihre feinen Gesichtszüge zischeln Silben in die Luft. Elle nickt und lächelt. Dann sieht sie mich und die beiden lachen.

Mia hat ihr was erzählt. Elle weiß, was passiert ist. Sie weiß, wer ich bin.

Mia hält inne wie eine Katze vorm Losschlagen. Ich kenne diese starre Kerbe zwischen Mund und Wangen.

Ich gehe zu ihr und setze mich. Elle verschwindet. Toby bleibt kurz an der Tür stehen, auf einem Bein wie ein Flamingo, er wirkt ziemlich durcheinander. Dann lächelt er mir kurz zu und winkt zum Abschied.

Jetzt sind nur noch Mia und ich übrig. Unbehaglich rutschen wir auf den weinroten Stühlen herum. Die Stille zwischen uns ist schlimmer als jedes Babygeschrei.

»Tay«, fängt sie an. »Wie geht's dir heute?«

Mein Kiefer klemmt.

»Ich wollte dich besuchen«, sagt Mia. »Ich weiß schon, heute ist nicht der beste Tag dafür. Bestimmt setzt es dir da sowieso zu.«

In der Psychiatrie ist das Zeitgefühl total verdreht, aber ich nicke. Ich weiß sehr wohl, was für ein Tag heute ist. Wobei ich versucht habe nicht daran zu denken.

Mia betrachtet mich. »Bist du okay?«, fragt sie noch mal. »Oder tust du bloß so?«

Ich mache den Mund auf und wieder zu. Heute ist der vierte März.

Der Geburtstag von Iris. Vor ein paar Jahren hatte Mia an diesem Tag die Idee, dass wir uns piercen lassen sollten. Sie hat sich ein Nipple-Piercing machen lassen, von dem gleichen schmierigen Kerl, der schon meinen Nasenring gestochen hatte; keine Handschuhe und eine E-Zigarette zwischen den brüchigen Zähnen. Ich habe dann nachgezogen, weil Mia es so wollte. Wie immer.

Kann sein, dass sie mich noch nie mochte und mein Wahnsinn einfach eine willkommene Ausrede war, ihrem Hass freien Lauf zu lassen. Jedenfalls kam sie nicht damit zurecht. Noch viel weniger als alle andern.

»Du musstest das tun, stimmt's?«, fragt Mia auf einmal, als könnte sie meine Gedanken lesen.

»Was meinst du?«

»Das weißt du genau«, sagt sie verärgert. »In der Schule ständig Szenen machen, dich hier einweisen lassen. Nach Iris.«

»Wie meinst du das?«, frage ich. »Das ist nicht …«

»Du bist unglaublich, Tamar! Du machst ein Riesentheater und tust, als ob es keiner sonst auf der Welt so schwer hätte wie du. Aber das ist Bullshit! Es stimmt einfach nicht, klar? Das Leben ist für alle beschissen, auch für mich, aber darum ziehen wir noch lange keine Fresse und schlitzen uns die Arme auf, damit es jeder sieht. Du bist ein Schwachkopf, echt. Du hast Iris nur benutzt, um Aufmerksamkeit zu kriegen, das sieht doch jeder. Ihr habt euch nicht mal gut gekannt. Sie war bloß irgend so ein Mädchen aus unserer Klasse.«

»Du lässt mich ja nicht …«

»Was denn? Soll ich dir Gelegenheit geben, dich wieder in deinen erbärmlichen kleinen Problemen zu suhlen?« Sie steht auf, ihr Stuhl scharrt laut über den Boden. »Nein danke, kein Bedarf.«

»Das kannst du nicht ernst meinen ... Ich hab mir das doch nicht ausgesucht ...«

Aber sie ist schon an der Tür.

»Du hast sie als Letzte gesehen, Tamar«, ruft sie über ihre Schulter und knallt die Tür hinter sich zu.

Ich habe keine Zeit, mich auf meine Atmung zu konzentrieren und wahrzunehmen, wie sich meine Brust langsam hebt und senkt. Viel zu schnell zerfällt die Welt um mich herum in tausend winzige Pixel, wie ein kaputter Bildschirm. Kotze ergießt sich in mein Hirn, ich würge und wälze mich auf dem Boden wie ein sterbender Hund.

»Tay ...« Elle kniet neben mir. »Ist doch alles okay ...«

»Was hat sie dir gesagt?«, flüstere ich.

Mia wird durch die Schleuse nach draußen geführt. Schlüssel klirren und die Türöffner-Tastatur piept.

Elle lacht. »Wovon redest du? Ich dachte, das wäre deine Freundin?«

»Meine Freundin? Hat sie das gesagt?«

»Sie hat gesagt, sie wäre deine Freundin und die von Iris – und dass Iris heute Geburtstag hätte. Wer ist Iris?«

Obwohl er sie hergebracht hat, bin ich nicht wütend auf Toby, keine Ahnung, wieso. Dabei sollte ich das vielleicht sein. Mich macht etwas ganz anderes wütend: Dass sie daran gedacht hat und extra gekommen ist. Dass sie sich überlegt hat, wie sie mich am besten treffen kann. Dass sie mich an alles erinnert, was ich schon so lange versuche zu vergessen, aber nicht vergessen kann. Sie macht mich für den Tod von Iris verantwortlich, genau wie alle anderen auf diesem Planeten. Das weiß ich. Egal wie wütend ich bin, in diesem Punkt hat sie recht.

*Du hast sie getötet. Du hast sie getötet. Du hast sie getötet.*

# VORHER

Letztes Jahr am vierten März bin ich in die Stadt gegangen und habe ein Geschenk für Iris gekauft: Badeschaum. Etwas Unpersönliches, das man jedem schenken kann. Ich habe zwei Liter meiner Gefühle in Form von Eiscreme vernichtet und mir *Friends* angeschaut, in der Hoffnung, die verschwommenen Figuren auf dem Bildschirm und ein paar billige Lacher würden die Schuld in Schach halten, die in meinem Bauch rumorte.

Iris wäre sechzehn geworden. Sie hätte offiziell rauchen, Sex haben und heiraten dürfen.

*Das alles habe ich ihr genommen. Iris ist tot. Ich lebe.*

Später fand ich mich am Wehr wieder. Der Abend war für März seltsam warm, Dunst hing in der Luft, die Schneeglöckchen waren so gut wie verblüht. Alles war feucht, meine Socken schweißgetränkt, meine Hände klebrig vom Blut aus den dunklen Schnitten in meinem Unterarm.

Als die Polizei kam, stand ich mit gebauschtem Rock bis zu den Knien im Wasser. Ich wehrte mich nicht, also wurde ich auch nicht eingewiesen.

Ob ich gesprungen wäre? Ich weiß es nicht.

Die Nacht verbrachte ich in der Notaufnahme. Die Ärzte fanden mich einigermaßen zurechnungsfähig und schickten mich am nächsten Morgen nach Hause. Sie gaben mir Antibiotika mit, nur zur Sicherheit, damit ich vom Flusswasser in meinen Wunden keine Blutvergiftung bekäme. Ich nahm sie aber nicht.

Später saß ich mit der Schulpsychologin in einem Raum mit Milchglasfenstern, ganz hinten in der Schule bei der Turnhalle. Es roch nach Lavendel und Orangenschalen. Auf dem Schreibtisch standen marode Kakteen, denen kein Wasser mehr helfen konnte, sie waren schon tot.

Sechs Termine, einmal in der Woche jeden Dienstag, eine Stunde lang, während die anderen Französisch hatten. Ein sogenannter sicherer Ort. Ich war das Mädchen, das großen Kummer in sich hineingefressen hatte, und sagte jeden Satz auf, den sie hören wollte.

*Ja, ich weiß, Iris kommt nicht mehr zurück. Sie ist weg, das ist mir klar. Iris ist eine tote Blume, lila und gelb, ihre verwelkten Blütenblätter sind unter einem Haufen Erde begraben …*

Je poetischer und schöner ich es formulierte, desto weniger durchschaute die Schulpsychologin, dass ich ihr nur etwas vormachte.

»Wirst du dir weiter wehtun und dich ritzen?«

»Auf keinen Fall. Ich bin nicht verrückt, ehrlich.«

»Gibt es da etwas, was du mir nicht erzählst?«

*Iris, das Geistermädchen, als Blume bei den Regenwürmern in der Erde begraben, selig und in Frieden ruhend. Tamar, die traurige Freundin des Geistermädchens, ach so verwirrt …*

Ich rauchte Zigaretten, die beim Anzünden wie Glühwürmchen aussahen, und kratzte die schorfige Haut an meinem Arm mit einer stumpfen Schere weg.

*Warum soll ich mir nicht mit der Schere über die Haut schrammen? Oder mich schneiden? Wer sagt denn, dass ich das nicht verdiene?*

Die Schulpsychologin kaufte mir meine Lügen ab und notierte sie eifrig auf ihrem Block. Nach sechs Wochen behauptete ich, ich wäre wieder okay. Das Schlimmste wäre ausgestanden. Tiefer würde ich nicht fallen.

Das normale Leben hielt Einzug, ich ging wieder in Französisch.

Aber der Absturz hatte längst begonnen.

Alle wussten es. Sie sahen es an meiner rauen Haut, an den tiefen Furchen unter meinen Augen, die wie dunkle Tulpen wirkten, und an dem anämischen Blaustich im Weiß meiner Augen.

Ich wurde ein Jahr zurückgestuft und kam wieder zur Psychologin, diesmal jeden Tag eine Stunde. Die saß ich auf einem magentafarbenen Plastikstuhl ab, auf den irgendwer ein Hakenkreuz geschmiert hatte, aber falsch, so dass es eigentlich ein Hindu-Symbol war und etwas Schönes bedeutete.

Danach eine Stunde Algebra. Löse die folgende quadratische Gleichung: x = Abdriften in ein durchgeknalltes Hirn + Herumirren auf dem Friedhof. Ist doch ganz einfach, Tamar, das haben wir in der Mittelstufe schon mal gehabt, weißt du nicht mehr? Ich musste nur den Hauptkorridor entlanglaufen und vermeiden, dass mich wild gewordene

Siebtklässler über den Haufen rannten, und dann den Matheraum betreten, auf der Stirn die Aufschrift *Alles okay*. Neunundfünfzig Minuten schweigen, dann aufstehen, die Erklärungen zu den Hausaufgaben ignorieren, für die in meinem durchgerüttelten Kopf sowieso kein Platz war, und die Schulglocke zur vierten Stunde läuten lassen.

Niemand redete mit mir außer dem Lehrer, der ein Passwort für eine Website auf ein zerknittertes Zettelchen schrieb, damit ich den Lernstoff wiederholen könnte – das bräuchte ich, meinte er. Keinem sonst in der Klasse sagte er das.

Und Mia. In der einen Minute waren wir Freundinnen, in der nächsten konnte sie meinen Anblick nicht ertragen. Wir hatten die Turbulenzen von zehn Jahren holpriger Freundschaft überstanden, aber mit dem Monster kam sie nicht klar. Ich kam auch nicht damit klar.

Mum weinte viel, nachdem das Monster aufgetaucht war, zu den verschiedensten Zeiten und Anlässen. Anscheinend sind nicht alle Tränen gleich, es gibt chemische Unterschiede. Wenn man also alle Tränen, die sie geweint hat, unter einem Mikroskop betrachten würde, fände man vielleicht Moleküle von jedem Gefühl. Außer von Glück, denn Glückstränen weinte sie nie. Sie war auch viel milder als früher und lobte mich andauernd, auch wenn es gar nichts zu loben gab. Ich war nur eine Stunde in der Schule gewesen, ich hatte nicht die Welt gerettet.

Die Schulpsychologin erklärte mir, ich hätte keine Verbindung zu mir selbst. Ich müsste meine Identität finden, die echte Persönlichkeit, die unter dem ganzen Drama und den Tränen und dem Chaos versteckt wäre. Aber das stimmte nicht. Es lag nicht an meiner Identität, ich wusste sehr wohl, wer ich war. Es gibt die netten Leute, die alten Frauen über die Straße helfen und Essen an Obdachlose verteilen. Dann gibt es die stumpfsinnigen Hedonisten, die es mit der Selbstliebe ein bisschen übertreiben. Und die bösen Menschen, die Diebe und die Serienkiller, die verrückten Axtmörder. Und dann gab es noch mich. Die gefährlichste Person überhaupt. Ich war das Böse schlechthin, das wusste ich.

Jeden Abend schaute ich in die Schränke, unters Bett, hinter die Vorhänge, um sicherzugehen, dass da niemand lauerte. Jemand, der Iris rächen wollte, indem er mich im Schlaf mit einem Kissen erstickte. Zum Schutz schlief ich auf dem Boden, zusammengerollt wie eine Katze, ohne Kissen oder Decke. Ich legte ein Messer in meine Nachttischschublade. Für mein Weiterleben zu sorgen wurde zur Obsession, auch wenn ich es gar nicht verdiente, am Leben zu bleiben.

Eines aber war seltsam: Egal wie sehr ich mich abmühte, vor mir selbst konnte ich mich nicht schützen.

# JETZT

Nachdem Mia weg ist, versuche ich möglichst nicht an Iris zu denken. Aber wenn du versuchst an etwas nicht zu denken, endet das meistens damit, dass du umso mehr daran denkst. *Heute ist der Geburtstag von Iris. Iris ist tot. Ich lebe.*

Und ...

Ich denke an die Rasierklingen, die ich in meinen Haaren reingeschmuggelt habe. Bis jetzt habe ich es immer hingekriegt, sie nicht benutzen zu müssen. Ich überlege, wie ich es sonst anstellen könnte, aber in Kliniken für Suizidgefährdete sind Vorhänge, Türen, Bäder und Waschbecken so konstruiert, dass man nichts daran festbinden kann. Auch die Fenster lassen sich nicht richtig öffnen. Die Todesoptionen sind begrenzt. Ich seufze.

Und dann weiß ich, was ich tun werde. Mit dem Finger streiche ich über die Haut an meinem linken Unterarm, folge der langen blauen Linie bis zu meinem Daumen. Im Waschraum stelle ich das Badewasser an. Ich muss noch mal und noch mal drücken, weil es sich nach zwanzig Sekunden automatisch abstellt. Dann ziehe ich die drei Rasierklingen aus meiner Jeans.

Sie haben mich nicht gut genug gefilzt. Ich habe die Dinger

erst an der magnetischen Vorhangschiene in meinem Zimmer versteckt und dann an allen möglichen anderen Orten.

Ich gewinne.

Ich ritze mit jeder eine dünne Linie in meinen Oberschenkel und prüfe, welche am schärfsten ist. Eine Art Experiment. Ich wähle die zweite Klinge. Furcht fährt mir in den Bauch. Ich habe Angst. Ich habe Angst, dass es mir misslingt. Ich habe Angst, dass es klappt. Ich habe Angst vor der Sauerei, die ich hinterlassen werde.

Meine Handflächen schwitzen und mein Herz hämmert in einem verrückten Trommelwirbel gegen meinen Brustkorb. Langsam ziehe ich mich aus.

Als ich nackt bin, gehe ich zu der Stelle, wo alle ihr Zeug zum Baden und Duschen abstellen. Eigentlich sollen wir es nicht hier rumstehen lassen, aber wir tun es trotzdem. Ich entscheide mich für ein Kinderschaumbad. Ich weiß nicht, wem es gehört, jedenfalls erinnert mich der Geruch an kindlich-unbekümmerte Badezeiten mit Gummientchen. Ich quetsche einen großen Klacks in die Badewanne und schaue zu, wie das Gelborange verschwimmt und sich auflöst.

*Soll ich es bleiben lassen?*

*Es ist nicht zu spät.*

*Ist es doch. Du hast sie getötet, du hast sie getötet.*

Während ich mich ins Wasser gleiten lasse, halte ich die Klinge fest zwischen den Fingern. Ein paar Minuten liege ich nur so da, lausche meinen lauten Atemzügen, sauge den Schaumbadduft ein und denke über das berühmte Dreieck von Denken, Fühlen und Handeln nach. Versuche das M dell zusammenzukriegen. Wobei das jetzt nicht mehr wichtig ist.

Eine Schwester klopft an die Tür. »Nur ein kurzer Check, Tamar. Alles okay bei dir?«

»Ja, mir geht's gut, ich bade nur, das ist alles.«

Ich strecke den Arm aus, drücke die Klinge rein und schneide in meine Haut. Ich beobachte, wie sie aufklafft und das Blut herausquillt. Ich fluche. Es ist nicht tief genug. Ich denke nicht nach. Sollte ich aber.

Auf einmal packt mich die Wut, ich schlitze, hacke immer wilder und tiefer in meinen unwürdigen Körper, mein Selbsthass sprudelt aus mir heraus, während ich im heißen Wasser liege. Bis mir auf einmal Blut ins Gesicht spritzt, dickflüssiges, dunkles Blut, im Rhythmus meines Herzschlags, ein Schwall für jeden Fehler, das Blut klebt mir in den Wimpern, sein metallischer Geschmack füllt meinen Mund, ich kreische und kreische und das Bluten hört nicht auf, und ich weiß, jetzt sterbe ich, ich werde sterben und ich taumele nach vorne, drücke den Notrufknopf und alles ist weg.

Ich blinzle, meine Augen öffnen sich. Das Badewasser ist wirbelnd rot. Eine Schwester stürmt rein. Ich höre den Alarm schrillen. Habe ich ihn ausgelöst oder sie?

Bin ich tot? Bin ich tot? Sekunden vergehen in einem Taumel. Blut spritzt.

Jemand zerrt mich aus der Wanne. Panische Rufe neben mir.

Stimmen aus dem Aufenthaltsraum.

Benommen.

Ein Handtuch wird mir auf den Arm gedrückt. Ein Unterhemd wird mir übergestreift.

Schwindelig.

Ich öffne die Augen. Lauter schwarze Flecken, ich kann kaum sehen. Mir ist schlecht. Zur Toilette stolpern, würgen, einmal, zweimal. Jemand hält meine Haare zurück.

Ein roter Fleck auf dem Handtuch, es blutet durch.

Blindes In-mein-Zimmer-Wanken, gestützt von plumpen Händen. Jemand flucht. Emma vielleicht. Ich bin nicht sicher.

Wird es aufhören? Wird das Bluten aufhören?

Ich sitze in mein dünnes Kassenhandtuch gehüllt auf dem Bett, jemand hält meinen Arm hoch in die Luft. Blut fließt nämlich langsamer, wenn es nach oben muss. Eine Jogginghose wird mir über die Beine gestreift. Ich öffne die Augen.

»Das muss genäht werden.«

Zum Taxi stolpern dauert ein paar Minuten.

Das Aufheulen eines Motors, dann ein Ruck. Die Lichter von Ampeln, ein Aufleuchten, langsam, immer wieder: rot, gelb, grün.

20:19.

Der Geruch von verschmortem Gummi hängt mir in der Nase. Benzin. Pfefferminzbonbons. Die Fahrt kommt mir endlos vor.

Bin ich tot? Das Blut hat sich in mein Bewusstsein gefressen, quillt durch mein Gehirn, dämpft meine Sinne.

In meinem Mund ist ein galliger Geschmack. Ich schlucke. Drücke auf meinen Arm.

20:30.

Als ich wieder richtig zu mir komme, sitze ich auf einem harten Plastikstuhl, vor mir eine ältere Frau im violetten Oberteil. Ihr türkiser Lidschatten ist verschmiert und sie sieht irgendwie mitgenommen aus.

»Das hast du dir also selbst angetan?«

Ich nicke. Die Stellen, an denen ihre Augenbrauen wären, wenn sie welche hätte, heben sich. Den Blick kenne ich gut. *Die verschwendet hier bloß unsere Zeit und unsere Ressourcen.* Die Frau nimmt einen Kuli und schreibt in großen, verschlungenen Buchstaben: »SVV, Schnittwunde am linken Unterarm«. Auf das kleine i macht sie keinen Punkt, sondern einen kreisförmigen Schnörkel. Sie stellt mir noch ein paar Fragen: *Adresse, Geburtsdatum. Und wer ist die Frau im Schwesternkittel, die bei dir ist? Ach so, du kommst aus der Klapse.*

»Blutet es noch?«

Vorsichtig nehme ich das Handtuch ab. Ein Rinnsal Blut läuft heraus und tropft mir auf die Hose.

»Ja.«

»Aber es hat schon deutlich nachgelassen«, erklärt Emma.

»Dann warten Sie doch bitte da drüben.« Sie zeigt auf eine Gruppe von Stühlen am anderen Ende des Raums. Sie sehen genauso unbequem aus wie der, auf dem ich sitze.

Emma führt mich zu der Ecke neben den Snackautomaten. An der Wand neben uns hängt ein Schild, auf dem steht: *Antibiotika sind keine Hausmittel*, und auf einem anderen heißt es: *Ein Schnupfen verstopft die Notaufnahme. Erst zum Hausarzt!* Die Wände sind apricotfarben gestrichen, am Übergang zum spiegelblanken Boden ist die Farbe schon ganz abgestoßen. Uns gegenüber sitzt ein Junge im Fußballdress mit einem dick geschwollenen Handgelenk und ein älterer Mann mit seiner Frau, die über Schmerzen in der Brust klagt. Draußen sehe ich das Blaulicht von einem echten Notfall blinken.

Auf einmal komme ich mir dumm vor. Der Schnitt blutet kaum noch. Ich wette, die haben hier schon viel Schlimmeres gesehen. Sie werden mich für einen armseligen Jammerlappen halten.

»Können wir nicht einfach zurückfahren?«, frage ich Emma, die fröhlich einen Streifen Erdbeerkaugummi aus der Packung zieht. »Ich kann das selbst versorgen, wir haben doch genug Verbandsmaterial da …«

Sie feuert einen unerbittlichen Blick auf mich ab und ich bin still. Ich spüre, dass mich die Leute angucken. Sie betrachten die dunklen, auffälligen Narben auf meinen Armen und sind abgestoßen. Ich finde mich selbst abstoßend.

Wir warten eine Stunde lang. Emma kauft mir eine Flasche Wasser und ein Päckchen Chips. Sie findet, ich sehe blau aus. Ich habe keinen Hunger. Die Chips kratzen beim Runterschlucken im Hals, aber ich esse sie trotzdem.

Wir reden nicht.

Nach einer Stunde und zweiundzwanzig Minuten kommt ein Kleinkind mit einem blassen Gesicht, das die Arme um den Hals einer verhärmt wirkenden Frau geschlungen hat.

Nach zwei Stunden taucht eine Schwester an der Tür am Ende des Korridors auf.

»Tamar?« Sie hat ein paar Blatt Papier in der Hand.

»Endlich«, murmelt Emma, steht auf und läuft schnell auf sie zu. Ich folge ihr.

»Desinfizierst du dir bitte die Hände?« Die Schwester zeigt auf eine Flasche an der Wand.

Sie ist eine junge Frau mit drei Helix-Piercings im Ohr und dunkelbraunen Haaren, die zu einem strengen Pferdeschwanz zurückgebunden sind. Sie lächelt, als ich mir die Schuhe von den Füßen streife und ungeschickt auf die Liege klettere. Ich lächle vorsichtig zurück. Emma setzt sich auf eine Art Sessel neben der Spüle. In der Ecke steht ein kleiner Behälter mit der Aufschrift *Kontaminierte Kanülen und Skalpelle.* Das erinnert mich an meine Klinge, die in dem blutigen Badewasser untergetaucht ist. Ich habe keine Chance, sie noch zu retten.

Ich verliere.

Na gut, ich bin bescheuert, das weiß ich.

»Tamar, kann ich mir deinen Arm jetzt mal anschauen?«

Beklommen ziehe ich das Handtuch weg, halb in der Erwartung, dass sie loslacht oder sagt: »Das da? Deswegen bist du da? In der Notaufnahme? Dieser Schnitt braucht nicht mal Klammerpflaster.« Aber das tut sie nicht. Sie nimmt meinen Arm behutsam in ihre leicht verschwitzten Hände und drückt den Schnitt mit den Daumen zusammen.

»Du hast dir da eine Schlagader angeritzt. Da hast du wirklich Glück gehabt. Ein kleines bisschen tiefer und du wärst …« Was? Gestorben? »Das hätte schlimm ausgehen können.«

Ich betrachte ihr Namensschild: *Millie, Pflegekraft Notaufnahme.* Draußen schieben Sanitäter einen Mann mittleren Alters vorbei, der noch im Anzug ist. Flüchtig frage ich mich, was für einen Job er wohl hat. Ist er Banker? Anwalt? Reiseberater?

»Ich denke, das wird gut verheilen.«

In der Behandlungskabine nebenan beginnt das Gerät zu piepsen, an dem der Banker/Anwalt/Reiseberater angeschlossen wurde. Biep. Biep. Ich höre, wie jemand mit ihm redet.

»Hallo, John? Ich bin Matthew, Arzt in der Notaufnahme. Haben Sie Schmerzen?«

Als Antwort grunzt der Mann nur.

»Okay, haben Sie schon ein Schmerzmittel bekommen? Nein? Dann geben wir Ihnen jetzt ein bisschen Paracetamol. Das wird Ihnen helfen, klar?«

Biep. Biep.

Millie kommt zurück. Sie hat ein Tablett mit Verbandsmaterial und einer Plastikampulle, in der Kochsalzlösung sein muss, da bin ich mir sicher.

»Darf ich mal deinen Blutdruck messen?« Ich halte ihr den Arm hin und sie streift mir die Manschette über. Als sie sich aufbläst und meinen Arm zusammendrückt, werden meine Narben dunkler und der Schnitt blutet wieder stärker. »Oh, tut mir leid. Ich hätte den anderen Arm nehmen sollen.«

Biep. Biep.

»John, wir müssen Blut abnehmen und eine Kanüle legen.« Der Mann gibt wieder etwas Unverständliches von sich. »Nein, das ist nur ein kurzer Stich. Die Kanüle ist nur vorsorglich, falls wir einen Zugang brauchen.«

Der Arzt kommt jetzt aus der Kabine nebenan, zieht den Vorhang zu und läuft zielstrebig an uns vorbei. Er ist von Kopf bis Fuß dunkelblau angezogen und hat ein pinkes Stethoskop.

Biep. Biep.

Millie reinigt die Wunde mit der Kochsalzlösung und tupft sie trocken.

»Irgendwelchen Unfug mit Tabletten hast du nicht angestellt, oder?« Sie sieht mich herausfordernd an – ich soll ihr jetzt bloß nicht mit einer Lüge kommen. Dann dreht sie sich zu Emma, die den Kopf schüttelt, genau wie ich. »Ich hab die Krankenakte gelesen.«

»Nein«, antworte ich leise. »Diesmal nicht.«

Darauf sagt sie nichts, sondern zieht stattdessen ein Schmerzmittel in einer Spritze auf. »Das piekst jetzt ein bisschen«, sagt sie. Ich zucke zusammen und drehe mich weg, das Loch in meinem Arm pocht. »Alles klar?« Ich nicke knapp. Sie fängt an mich wieder zusammenzuflicken, zieht mit einer Nadel, die oben einen Haken hat, einen dicken blauen Faden durch meine Haut.

»Können Sie mir Ihren Arm hinhalten, John? Und den Ärmel hochrollen?«

Biep. Biep.

Jetzt pocht der ganze Arm.

»Ich binde Ihnen das hier jetzt um den Arm. Das wird ein bisschen stramm sitzen.«

Millie zieht den Faden durch.

»Sie haben gute Venen, John, da klappt bestimmt alles bestens.«

»Wie viele Stiche noch?«, frage ich. Am liebsten würde ich den Arm wegziehen.

Biep. Biep.

»Vielleicht neun oder zehn«, sagt Millie. »Dauert nicht mehr lang.«

An ihrem Oberarm hat sie ein Tattoo von einem Schmetterling, fällt mir auf.

»Okay, jetzt kommt kurz der Stich.« John stöhnt.

Ich sehe fast vor mir, wie die Nadel in seine Haut gleitet und Matthew den Stauschlauch abstreift, die Röhrchen mit Blut füllt und die Kanüle legt. Wahrscheinlich veranstaltet er Chaos. Das tun Ärzte immer.

Noch drei Stiche. Aus der Wunde tritt ein bisschen Blut und läuft mir in die Armbeuge.

Biep. Biep.

»Das war's, John. Die Ergebnisse bekommen wir in ein paar Stunden. Kann ich sonst noch was für Sie tun?« Wieder ein Stöhnen. »Ich setze Sie einfach mal aufrecht hin, in Ordnung?« Das Knarren einer Matratze, deren Kopfteil hochgestellt wird. »Soll ich den Vorhang offen lassen oder zumachen?« Keine Reaktion. »Ich lasse ihn offen, dann bekommen Sie mit, was hier los ist. Das vertreibt die Langeweile.« Kurz taucht der Arzt wieder auf, mit einem Tablett in der Hand, dann verschwindet er im Raum gegenüber.

Biep. Biep.

Millie verbindet meinen Arm mit Verbandsmull und Klebeband, während Emma ein Taxi ruft, das uns zurück nach Lime Grove bringen soll. Wir warten draußen vor dem Krankenhaus, neben einem alten Mann, der so gierig raucht, als ginge es um sein Leben. Ich hätte auch gern eine Zigarette. Die Naht zieht sich bis hoch zur Armbeuge, mit zwölf Stichen.

Ich bin die ganze Nacht unter Beobachtung. Zurück auf Start.

Am nächsten Morgen hat die Eins-zu-eins-Betreuung aber schon wieder ein Ende. *Klar, Dr. Flores hat eben keine Lust mehr auf mich*. Gedanken fegen durch mein Hirn wie wütende Graffiti-Striche. Der Schmerz, es nicht geschafft zu haben, dämpft alles andere. Ich habe dreimal versagt.

Mein Arm ist geschwollen, die Haut um die Naht tut weh. Sie kräuselt sich und ist merkwürdig verfärbt, aber die Wunde ist geschlossen. Wäre da nicht der dicke Verband, könnte ich so tun, als ob nichts passiert wäre.

Sie haben mein Zimmer durchsucht und jede einzelne Klinge mit getrocknetem Blut gefunden, die ich reingeschmuggelt und versteckt habe – in einem Klumpen Klebknete, in einer Bodylotion, zwischen den Seiten von meinem Geschichtsbuch. Auch den größten Teil meiner Kleider haben sie mitgenommen, sogar die Socken, was ich ziemlich übertrieben finde.

Elle redet beim Frühstück nicht mit mir. Sie ist damit beschäftigt, Brotscheiben in den Toaster zu stecken, unter den kritischen Blicken einer Krankenschwester, die dafür sorgt, dass sie sich keinen Stromschlag verpasst oder so. Sie setzt sich auch nicht an ihren üblichen Platz, sondern ans andere

Tischende, näher an die Tür. Jasper macht Theater wegen seinen Frühstücksflocken und darf sie am Ende mit einem Plastiklöffel essen. Anscheinend hat er so das Gefühl, weniger Nahrung im Mund zu haben. Der kleine Will beschwert sich, in seinem Zimmer wären schon wieder Kameras installiert worden; das würde er an den elektromagnetischen Wellen merken. Die verschmierte Schwester hat schon wieder ein Schminkproblem. Heute ist ihr Make-up schlecht verteilt und fleckig, außerdem passt ihr neuer Nude-Lipgloss nicht zum dick aufgetragenen Mascara.

An diesem Morgen lärmt es in meinem Kopf, habe ich das schon gesagt? Wie bei einem von diesen alten Röhrenfernsehern, die knistern und brummen, wenn sie heißlaufen. Genau so klingt das, bloß lauter. Erst nehme ich mir ein Schüsselchen Obst mit Kleieflocken, aber weil ich nichts schmecke, lasse ich die Hälfte stehen. Stattdessen hole ich mir eine Scheibe von Elles Toast und bestreiche sie so dick mit Marmite, als wäre es Erdnussbutter. Ich nehme immer mehr von der klebrigen Paste, weil ich etwas zum Spüren brauche, und wenn es nur die Schärfe von supersalzigem Hefeextrakt ist.

Dr. Flores kommt angeschlendert und winkt mich zu sich. Weil mich der Toast sowieso gruselt, lasse ich ihn stehen und gehe gleich mit. Auf dem Weg in sein Büro ist er freundlich und beruhigend, auf so eine einstudierte Ärzte-Art. Der Saum seiner Hosen schwebt heute einen Zentimeter über seinen Knöcheln und er fummelt dauernd an seiner Weste herum.

Im Büro setzt er sich und rührt Milch in seinen Kaffee.

»Wie fühlst du dich, auf einer Ska…«

»Null«, antworte ich stumpfsinnig.

Er tippt mit seinem Kassenlöffel gegen seine Kassenkaffeetasse. »Wirklich?«

»Null«, wiederhole ich.

»Und wie geht es deinem Arm?«

Ich zucke mit den Achseln.

Auch er hebt die Schultern. »Nicht so toll, vermute ich mal.«

»Eine Acht oder so.«

Er lächelt. »He, genau das wollte ich auch gerade sagen. Also« – er nippt an seinem Kaffee – »warum hast du …?« Seine Handbewegung lässt mich zusammenzucken, er tut nämlich, als würde er sich den Arm aufschlitzen.

»Lassen Sie das.«

Er entschuldigt sich nicht.

»Wie können wir dir helfen, Tamar?«

»Sie sind der Arzt.«

Er nickt. »Stimmt, ich bin der Arzt. Ich kann eine Diagnose stellen und Medikamente verschreiben, aber ich kann nicht …«

»Aber was ist denn mit mir?«, sage ich. »Allen anderen sagen Sie, was mit ihnen los ist. Jasper ist magersüchtig, Elle hat eine bipolare Störung. Was habe ich? Oder denke ich mir Ihrer Meinung nach alles nur aus, um Ihnen die Zeit zu stehlen?«

Ich glaube, er versteht das als Drohung. Es soll aber keine sein.

Er rührt in seinem Kaffee. »Weißt du, Tamar, manchmal

sind Etiketten nicht besonders hilfreich. Essstörungen sind etwas Klares, und bei Patienten wie Elle, die unter Betreuung stehen, sind wir zu einer Diagnose verpflichtet. Du hast Probleme, deswegen bist du hier. Wir wollen dich unterstützen, damit du mit diesen Problemen besser zurechtkommst.«

Ich warte immer noch auf den Tag, an dem Dr. Flores etwas von sich gibt, das nicht wie ein eilig nachgeschlagenes Zitat aus einem Lehrbuch klingt.

»Was kann ich tun, um dir zu helfen, Tamar?«

Ich sehe ihn genauso prüfend an wie er mich, und als er die Augen niederschlägt, bin ich fast ein bisschen stolz.

»Gar nichts«, antworte ich kategorisch. »Und ich fände ein klares Etikett sehr wohl hilfreich.«

»Das ist gut zu wissen«, sagt er.

Das kaufe ich ihm nicht ab. Er will meine Meinung über seine Ansichten doch gar nicht hören. Mir fällt auf, dass er heute kein Gel in den Haaren hat. Ich bin bloß nicht sicher, ob er auf die Art besser oder schlechter aussieht.

»Möchtest du über gestern Abend reden?«, versucht er es noch mal.

»Sie wissen doch sowieso schon alles«, sage ich.

»Ja, aber ich würde es gern von dir hören, damit ich es mir besser vorstellen kann, und dann können wir gemeinsam überlegen, wie es weitergehen soll.«

»Ich hab wohl einfach Mist gebaut und nicht richtig nachgedacht.«

»Du hast also nicht versucht dich umzubringen?«, fragt er.

»Nein, ich hab's nur ein bisschen zu weit getrieben. Das

war ein Unfall.« Im Lügen bin ich ziemlich gut, habe ich das schon erwähnt?

»Du bist also nicht suizidgefährdet? Wie hoch ist das Risiko, dass es noch mal passiert?«

Ich verschweige ihm, dass der Wunsch zu sterben schon die ganze Zeit mit Macht durch meine Adern pumpt, dass sich jede Faser meines widerlichen Wesens danach sehnt, in einem staubigen Krematorium niedergebrannt und in Asche verwandelt zu werden.

»Ich bin okay«, sage ich. »Das war nur ein Ausrutscher, tut mir leid.«

»Es muss dir nicht leidtun, Tamar. Ich bin wirklich froh, dass wir uns heute unterhalten haben. Wahrscheinlich ist es am besten, wenn du übers Wochenende wieder in der Klinik bleibst, damit sich alles ein bisschen setzen kann. Ist das in Ordnung für dich?«

»Ja, mir egal«, sage ich. Das kümmert mich nicht, meinetwegen kann ich für immer und ewig in dieser verdammten Klinik bleiben. Ist doch ganz egal, wo ich bin.

»Wie läuft es für dich mit dem Risperidon?«

»Das Zeug macht mich nur müde, an meiner Stimmung ändert sich gar nichts. Und nachts läuft mir der Sabber aus dem Mund«, antworte ich. »Elle sagt, das Gehirn kann davon schrumpfen.«

Dr. Flores lacht und wedelt wegwerfend mit der Hand. »Hör nicht auf Elle, davon weiß ich nichts. Am besten belassen wir es bei der üblichen Dosis, vielleicht können wir sie mit der Zeit ja erhöhen. Die Nebenwirkungen sollten nach einer Weile schwächer werden.«

»Okay«, sage ich. »Einverstanden, mir ist alles recht.«

»Kannst du mir erzählen, was dir in den letzten Tagen so zugesetzt hat? Vom Pflegepersonal habe ich gehört, du hättest ziemlich aufgewühlt gewirkt. Siehst du das auch so?«

»Ja, kann sein.«

»Warum?«

Warum? Mit meinem sedierten Hirn kann ich tagelang über diese Frage herumgrübeln und werde doch nie eine Antwort bekommen. Platz für andere Gedanken zu finden ist schwer, wenn du dich die ganze Zeit nur umbringen willst. Überhaupt ist es schwer, für andere Sachen Platz zu machen, auch wenn es nur darum geht, dran zu denken, dass du isst oder pinkelst oder dass du lächelst, wenn andere es von dir erwarten. Aber ich antworte ihm trotzdem, was mich überrascht.

»Iris. Gestern war ihr Geburtstag.«

»Aha. Wie alt wäre sie geworden?«

»Siebzehn«, sage ich. Mein Hirn ist anscheinend entführt worden, die Worte sprudeln einfach aus mir raus und erinnern mich an das tosende Wasser am Wehr, wo sie gestorben ist. Ich rede nicht über Iris und keiner redet mit mir über sie. Außer Mia. So ist es bisher gewesen. Aber jetzt …

»Siebzehn also. Wie geht es dir damit? Wenn du an sie denkst?«

»Scheiße geht's mir«, sage ich. »Ich hasse das.« Mein Daumen pulsiert.

»Warum?«, fragt er. »Wieso geht's dir da so schlecht? Glaubst du, du wärst schuld?«

Sie ist tot. Ich weiß, dass Iris tot ist. Ich weiß auch, wie plötzlich das passiert ist und was für ein Schock es war: Wellen von schimmerndem Entsetzen, auch Monate später nicht verebbt. Und ich weiß, dass ich schuld bin. In einem Moment war sie noch da, ihr Herz pumpte tiefrotes Blut durch ihre Adern, aber im nächsten Moment war sie weg, ihr Körper kalt, das Blut erstarrt. Ich hätte es verhindern können, aber das habe ich nicht.

»Was mit Iris passiert ist, war nicht deine Schuld, das verstehst du doch, oder?« Er wagt sich jetzt immer weiter vor und beugt dabei den Oberkörper vorsichtig in meine Richtung. »Kannst du mir erzählen, was passiert ist?«

Mein Hirn hetzt durch ein dorniges Labyrinth von Lügen, auf der Suche nach der Wahrheit, die sich irgendwo darin verheddert haben muss.

»Ich rede nicht über Iris«, erkläre ich.

Er ignoriert mich. »Hast du gestern in der Badewanne an sie gedacht?«

»Ich denke immer an sie.« Iris ist das Puzzleteil in meinem Kopf, das nirgends hinpasst. Natürlich habe ich in der Badewanne an sie gedacht. Wie könnte es anders sein?

»Was hast du gedacht?«, fragt er.

»Dass das Badewasser wärmer war als das Wasser im Fluss.« Das ist gelogen. Dieser Gedanke kommt mir erst jetzt.

Aber am Ende holt mich die Wahrheit immer ein.

»Wirklich?« Dr. Flores klingt skeptisch. Er bildet sich gerne ein, meine Lügen durchschauen zu können.

»Ich wollte nicht, dass sie stirbt«, sage ich plötzlich.

»Das weiß ich, Tamar. Keiner wollte das, da bin ich sicher. Manchmal passieren einfach schlimme Dinge.«

Das stimmt nicht, es ist nicht »einfach passiert«. Es war kein Zufall und auch kein Unglück. Dass es passiert ist, lag an mir.

»Nein, so war das nicht.« Die Worte sprudeln aus mir raus. »Ich wollte wirklich nicht, dass sie stirbt. Das war ein furchtbarer Fehler.«

»Niemand auf der Welt wollte, dass sie stirbt, Tamar. Solche Sachen passieren eben leider einfach so.« Er wiederholt sich.

Ich schaue auf den Boden. Er hat Wildlederschuhe an, seine Füße rutschen unruhig hin und her. Und dann sind da noch die quietschenden Rollen von seinem Schreibtischstuhl und das ganze Zeug, das aus seinen Schubladen quillt: Haftnotizen und Schnur und solche Sachen. Ihn sehe ich nicht an.

»Sachen passieren nicht einfach so«, sage ich leise. »Es ist nicht einfach so passiert. Ich bin schuld.«

»Tamar, wenn Leute auf die Art zu Tode kommen wie Iris, ist das für manche furchtbar schockierend und beängstigend. Und diese Leute machen sich dann Vorwürfe, obwohl es gar nicht ihre Schuld ist. Diese Reaktion ist nicht ungewöhnlich. Aber deshalb bist du noch lange nicht schuld.«

»Halten Sie den Mund! Sagen Sie nicht dauernd das Gleiche!«

Nur noch weißes Rauschen und surrende Zahnräder in meinem Kopf, ein endloses Schwirren und Dröhnen, das sich in die Luft schraubt und in mein pochendes Trommelfell bohrt. Nein, nein, nein. Nichts als Nebel und gedämpfte Geräusche, keine Ahnung, von was.

»Warum bist du schuld, Tamar?«

*Wieso bin ich immer noch nicht tot?*

»Erzähl mir von Iris.«

»Ich kann nicht über Iris reden. Und Sie hören jetzt auch damit auf, verdammt noch mal … Ich bin schuld und fertig und Sie haben nicht die geringste Ahnung.«

Mit leerem Blick starre ich auf leere Wände. Ich bin im Time-out-Raum. Verlangsamt und dumm, zugedröhnt von irgendwelchen Mitteln. Allerdings kann ich mich nicht erinnern Pillen gekriegt zu haben. Ich muss wohl unter Fünf-Minuten-Beobachtung stehen; jedenfalls wird die Klappe vor dem Fenster ziemlich oft auf- und wieder zugemacht. Ich drehe mich nicht nach dem Gesicht um, das zu mir hereinspäht. Das ist mir zu anstrengend. Mein Nacken tut weh.

Der Time-out-Raum ist ein Zimmer mit weißen Wänden ohne irgendwas drin. So was kennt man aus Filmen. Vier weiß getünchte Wände und ein durch Psychopharmaka ausgeknockter Patient. Sonst nichts, nicht mal ein Bett. Kalt ist es auch – weil es hier keine Fenster gibt, übertreiben sie es mit der Klimatisierung. Dass ich hier bin, bedeutet, dass ich Scheiße gebaut habe. Nur kann ich mich nicht erinnern, was das gewesen sein soll. Meine Hände sind fest ineinander verschränkt, die Finger vor lauter Druck rot angelaufen.

Nach einer Weile kommt Emma und bringt mir eine Tasse Tee, mit Milch und Zucker wie immer.

Obwohl er zu heiß ist, nehme ich schlürfend einen

Schluck. »Der ist aber süß.« Meine Stimme klingt heiser, wie nach langem Schreien.

»Ich hab drei Würfel reingetan. Ich dachte, du könntest einen Extra-Zuckerschub brauchen. Tut mir leid, wenn's nicht schmeckt.« Sie setzt sich neben mich, im Schneidersitz auf den Boden, und dreht ihr Klemmbrett um, damit ich ihre Notizen nicht lesen kann.

»Wie geht's dir?«, fragt sie.

»Als hätte mir einer mit dem Hammer auf den Kopf geschlagen.«

Sie grinst. »Das liegt wahrscheinlich am Lorazepam. Das kann einen ganz schön müde machen.«

»Ich weiß. Was habe ich angestellt?«

»Wann?« Sie zögert.

»Na, dass ich hier gelandet bin«, sage ich. »Was ist passiert?«

»Kannst du dich nicht erinnern?«

Ich schüttle den Kopf.

Emma erzählt mir, was los war. Anscheinend bin ich bei Dr. Flores im Büro komplett ausgerastet. Erst habe ich rumgeschrien und die schlimmsten Schimpfwörter gebrüllt, dann bin ich zum Regal gerannt, habe Bücher rausgerissen und ihm entgegengeschleudert. Er konnte gerade noch ausweichen, bevor die Bibel in seinen Bildschirm gekracht ist. Seinen Pieper hatte er nicht dabei, also musste er wie ein Kind schreien, damit ihn jemand rettet. Erst nach zwanzig Sekunden kamen drei Schwestern angerannt, am Mund noch die Reste vom Kuchen, den sie im Stationszimmer stehen lassen mussten. Sie haben mich gegen die Wand neben dem Regal gedrückt und festgehalten, während ich – so erzählt es Emma – versucht habe sie zu beißen und mich aus ihren klebrigen Kuchenfingern zu winden. Dabei habe ich mir wohl selbst die Innenseiten der Wangen aufgebissen, jedenfalls fühlen sie sich wund an und haben irgendwas Metallisches. Der süße Tee schmeckt mir nicht, aber um den Blutgeschmack wegzukriegen, trinke ich ihn trotzdem. An meinen Handgelenken sind Fingerabdrücke und auch an den Schlüsselbeinen habe ich lauter Druckstellen.

»Geht es dir gut genug fürs Abendessen?«, fragt Emma. »Die anderen sind schon fast fertig, aber ich kann dir ein Sandwich besorgen.«

Als ich aufstehe, dreht sich alles, mein Kopf ist ein einziges Kettenkarussell. »Ich komme mit.«

Über Iris kein Wort.

# VORHER

Ein neues Jahr hatte angefangen. Toby trat seine halb gerauchte Zigarette auf dem Pflaster aus und umarmte mich. Er war in Schuluniform.

»Alles klar mit dir?«, fragte er und steckte sich ein Mentos in den Mund. Nichts vertreibt den Geruch von kaltem Rauch besser als ein Pfefferminz. »Ich hab dich in der Schule gesehen. Aber ich konnte nicht rüberkommen und Hallo sagen. Wegen meiner Hausarbeit in Wirtschaft, die war überfällig.«

»Mach dir keine Gedanken«, sagte ich. »Ich war sowieso nur kurz da.«

»Weiß ich doch, du bleibst nie lang.«

»Ich schlaf lieber.« Das war nicht gelogen. Schließlich wäre alles unendlich viel leichter, wenn ich bis zum Tod jede Sekunde meines Lebens schlafend verbringen könnte, oder?

Toby nahm noch ein Pfefferminz. »Pommes mit Essig, wie wär's?«

»Pommes ohne Essig.«

»Halbe, halbe?«

»In Ordnung, aber du bezahlst.«

Ein Tütchen fetttriefender Pommes kostete ein Pfund. Wir aßen sie draußen auf dem Bürgersteig vor dem Takeaway.

Der Geruch mischte sich mit dem von meinen Haaren, was eine ganz neue Duftnote ergab: Kräutershampoo in Backteig frittiert. Zwei Obdachlose mit einem zotteligen Collie wollten vier Pfund von uns für zwei Portionen Pommes. Toby erklärte, die würden pro Tüte nur ein Pfund kosten, und gab ihnen zwei. Die beiden reckten die Faust wie zum Sieg und marschierten am Takeaway vorbei zum Supermarkt.

»Pommes«, schnaubte Toby. »Von wegen. Eher Fusel und Zigaretten.«

»Wie geht's Mia?« Das fragte ich ihn bei jedem Treffen, aber er wich immer aus oder antwortete irgendwas vollkommen Beliebiges. Insgeheim wartete ich auf den Tag, an dem er sagen würde: »Ach, Mia? Der geht's super, sie will, dass ihr wieder Freundinnen seid. Es tut ihr echt leid.« Wobei mir klar war, dass das nie passieren würde. »Alles okay mit ihr«, sagte er jetzt. »Ja, ich denke, ihr geht's ganz gut.« Er klaubte eine Zigarette aus der Schachtel und zündete sie umständlich an.

»Okay«, sagte ich. »Freut mich.«

»Hast du irgendwelche Vorsätze fürs neue Jahr?« Toby versuchte erst gar nicht zu verbergen, dass er das Thema wechseln wollte. »Mit dem Rauchen aufhören oder so?«

Ich lachte. »Dieses Jahr nicht. Das hab ich schon oft genug versucht.« In den letzten drei Jahren hatte ich mir das zum Jahresbeginn immer wieder vorgenommen, ohne Erfolg.

Aber einen Neujahrsvorsatz hatte ich doch. Nur eignete der sich nicht für eine harmlose Unterhaltung. Genau genommen auch nicht für ein echtes Gespräch.

»Und du?«

»Nein, ich auch nicht. Ich hab kurz überlegt, ob ich beim Schokoladenfasten mitmachen soll, aber mal ehrlich, was soll das bringen? Ich mag Schokolade, also ess ich sie und fertig. Ohne Grund verzichte ich jedenfalls nicht auf den nächsten Riegel. Da muss doch ein Sinn dahinter sein.«

Mein Vorsatz hatte einen Sinn. Treffer.

»Ehrlich gesagt finde ich dieses Neujahrsgetue sowieso blöd. Ist doch nur irgendein Tag«, sagte ich. Er tauchte mit der Hand tief in die Tüte und schnappte sich die letzte Fritte.

»Sei nicht so zynisch«, sagte er beim Kauen. »Dieses Jahr wird großartig, da bin ich sicher.«

Großartig? Ich dachte an meinen Neujahrsvorsatz, den ich mit schwarzer Tinte in mein Tagebuch gekritzelt hatte. An den langen Eintrag vom 31. Dezember, an das Gift und die Gehässigkeit darin, an die Selbstbeschimpfungen. Und an die Tränen, die mir beim Schreiben aufs Papier getropft waren und alles verschmiert hatten. Ich wollte nicht noch ein Jahr hinter mich bringen. Das Mädchen, das ich auf dem Gewissen hatte, vermoderte auf dem Friedhof, also hatte ich es wohl kaum verdient zu leben. Vielleicht war mein Neujahrsvorsatz irgendwie doch großartig? Passend war er jedenfalls. Und notwendig. Ich würde sterben.

An dem Morgen, an dem ich mich umbringen wollte, spürte ich beim Aufwachen nichts als eine Art Nagen im Bauch, das ich für Angst hielt. Ich hatte erwartet mich irgendwie besonders zu fühlen, aber da war nichts. Ich war genauso kalt und berechnend wie an dem Tag, an dem ich Iris getötet hatte. Mit dem Wetter war es das Gleiche. Ich hatte mir Gewitterstürme mit Blitz und Donner ausgemalt oder einen lichtdurchfluteten Sonnentag, an dem alle Welt Limonade schlürfte. Stattdessen war es kühl, grau und unspektakulär. Es gab wirklich nichts, was diesen 7. Januar besonders machte. Außer dem kleinen Kreuz in meinem Kalender.

Ich stand auf und machte mir Frühstück wie an jedem anderen Tag. Als ich die Treppe runterkam, klopfte Brew mit dem Schwanz auf den Boden. Meine Eltern waren bei der Arbeit, wie geplant, also war ich allein mit Brew und dem Teller Rührei auf der Küchentheke. Keine Ahnung, wieso Rührei, ich hatte mir vorher noch nie welches gemacht.

Ich saß zwei Stunden vor dem Fernseher, einfach weil ich konnte. Es gab keinen Grund, das Ganze zu überstürzen, ich hatte ja Zeit. Brew lag auf meinen Füßen. Ich schaute kein einziges Mal auf mein Smartphone. Wozu auch? In einer Reality-Show wurde eine platinblonde Teenager-Mutter übel beschimpft. Ich schaltete den Fernseher aus. Am Nachmittag sollte ich in die Schule, für eine Doppelstunde in Geschichte. Von wegen.

Ich versuchte nicht an die schrecklichen Sachen zu denken, die ich in meinem Leben getan hatte, weil ich mich einfach erleichtert fühlen wollte. Aber es gelang mir einfach nicht. Immerhin war das jetzt die letzte Gelegenheit, um über irgendwas nachzudenken. Also musste ich die Zeit gut nutzen.

Ich ließ mir Badewasser einlaufen, im alten Bad, das ich sonst kaum noch benutzte, wo auf den Kacheln Bildchen von Delfinen und Meerjungfrauen klebten. Ich schwenkte die Hände in der Wanne, damit sich das heiße Wasser besser verteilte. Baden war irgendwie wichtig. Mein toter Körper sollte sauber sein. Sauber, und in Wasser getaucht wie eine Leiche im Fluss.

Ich nahm eine grüne Badekugel in die Hand – sie roch nach Kamille und enthielt angeblich Tiefseemineralien –, tat sie aber nicht ins Wasser. Keine Ahnung warum, wahrscheinlich war ich zu sehr in Gedanken.

Dann ließ ich mich in die Wanne gleiten. Die Meerjungfrauen an der Wand bewegten sich.

Untertauchen. Wasser, das in der Nase brennt. Wasser, das in die Lungen will. Lungen, die sich benommen sträuben und dann doch hinnehmen, dass die trübe Flut nach ihnen greift. Ein zuckender Kopf, um sich tretende Beine, zitternde Augenlider, alles immer heftiger, je länger es dauert. Atemlosigkeit. Wild wedelnde Arme. Ein Prusten und in den Ohren ein pochendes Dröhnen. Für den Bruchteil einer Sekunde Luft auf den zerbissenen Lippen. Und das aufgewühlte Wasser, das tanzt und Pirouetten dreht, das seine Vorfreude nicht im Zaum halten kann, das gackert vor Begeisterung und sprudelt vor Ekstase. Und dann werden meine Lungen von etwas überflutet, das stärker ist als das Wasser selbst: Angst. Angst, die meine Nerven zucken lässt, Angst, die mein Hirn verschluckt. Und diese Angst siegt, bis der Wassertanz irgendwann endet und mein Körper so tot ist, dass er nicht mehr spürt, wie er auf den steinigen Grund geschleudert wird und zerschellt wie eine Tontaube, wenn die Patrone sie trifft.

Ich tauchte vom Boden der Badewanne hoch und schnappte nach Luft, bitteres Seifenwasser auf der Zunge. Meine Ohren prickelten, als ob Knallbrause drin wäre. Das Badewasser war kalt. Ich wusste nicht, ob zwei oder drei Stunden vergangen waren, seit ich in die Wanne gestiegen war, vielleicht sogar mehr. Ich spürte aber, dass da etwas war, das mich drückte, presste, quetschte. Ein Gewicht, das schwer auf meiner Brust und meinem Bauch lag. Ich lebte, jeder Atemzug war mir schmerzhaft bewusst, auch das Kräuseln der Wasseroberfläche bei jedem Zucken meiner eisigen Finger. Abgeplatzter dunkelroter Nagellack. Farbe im Wasser von meiner Haartönung. Draußen wurde es dunkel, der Tag ging zu Ende, die Uhr tickte und ich war immer noch am Leben.

*Du hast schon mal eine umgebracht, da kann das zweite Mal doch nicht so schwer sein.*

Ich stieg aus der Wanne, aber die Temperatur blieb gleich. Alles war kalt.

Über dem Fenster in meinem Zimmer war eine Gardinenstange und die Schuhe unter der Heizung hatten Schnürsenkel. Ich putzte die Schuhe, weil mir das irgendwie richtig vorkam, und drehte eine Packung mit kreidigen Pillen in den Händen hin und her. Hinterher konnte ich mich nicht mehr erinnern, ob ich alle geschluckt hatte. Auf dem Zimmerboden legte ich Knoten und Schlingen, übte immer noch mal und noch mal, bis ich sie so gut konnte wie ein Segler oder sogar besser. Ich hätte gerne gewusst, ob Sterben wehtat, fand aber bei Google keine Antwort. Und wie war es mit dem Ertrinken, tat das weh? Ich dachte an den Himmel und die Hölle und an Wiederauferstehung. Ich fragte mich, ob jetzt die Zeit gekommen war, meine Sünden zu bereuen. Und ob das, wenn ich es täte, wohl irgendwie nützen würde. Sollte ich um Vergebung bitten? Ich fragte mich so vieles, während ich da auf dem Boden lag, aber nichts davon half mir weiter, denn ich lebte noch. Ich lebte immer noch.

An den Gesichtsausdruck von meinem Dad kann ich mich nicht mehr erinnern. Ich weiß auch nicht, warum er früher heimkam als sonst und ob er noch seine Krawatte trug oder sich schon umgezogen hatte. Ich weiß nicht, was er sagte und wie er es sagte. Oder ob er überhaupt irgendwas sagte.

Aber ich weiß noch, dass er nicht näher gekommen ist. Er hat meinen zitternden Körper nicht in den Arm genommen, meine Finger mit dem abgeplatzten Nagellack nicht berührt, mir den Speichel nicht vom Kinn gewischt. All das hat er den Sanitätern überlassen, die mich mit Blaulicht in einem überheizten Rettungswagen ins Krankenhaus fuhren. Die bei mir saßen und mir Decken brachten. Die alles taten, was Dad nicht getan hatte. Ich weiß noch ganz genau, dass mein Dad nicht sehen wollte, wie seine wunderbare Tochter mit Schnürsenkeln um den Hals auf dem Boden lag. Er drehte sich weg von der kaputten Gardinenstange und dem herausgebrochenen Verputz und schlug so fest die Tür zu, dass das Zimmer hinterher noch minutenlang bebte.

# JETZT

»Ich hab mich schon eine Woche lang nicht mehr verletzt.«

»Schön«, sagt Mum. »Ich bin froh, das zu hören.«

Wir sind im Therapieraum 1, drängen uns zu viert um einen kleinen Tisch, den die Schwestern aus dem Stationszimmer hierhergeschleift haben: Dr. Flores, Will, meine Mutter und ich. Meine Gedanken schweifen immer wieder ab. Mir fällt ein, dass ich am Anfang überlegt habe, wieso das Zimmer hier *Therapieraum 1* heißt, wenn es im ganzen Gebäude keinen anderen *Therapieraum* gibt. Und Therapie hat hier sowieso keiner.

»Ja«, stimmt Dr. Flores ihr zu. »Trotzdem denken wir jetzt noch nicht an eine Entlassung. Tamar wird sicher zustimmen, dass wir nach diesem ... unkontrollierten Ausbruch letzten Freitag noch eine Weile brauchen, um einzuschätzen, was los ist.«

Freitag. Ich kann mich nicht an meinen »Ausbruch« erinnern.

»Okay.« Mum klingt enttäuscht. »Was meinen Sie, wie lange es wohl noch dauert?«

Anscheinend will sie mich unbedingt so schnell wie möglich aus dieser künstlichen Umgebung holen, in der ich hier lebe. Aber das heißt auch: zurück in die Angst, die Verunsicherung und den Schmerz der Realität.

Dr. Flores zögert. »Lassen Sie uns in Wochen denken, nicht in Monaten, in Ordnung?« Klar, dann wirkt es überschaubarer. »Wir machen weiter mit dem Risperidon«, fährt er fort. »Die Nebenwirkungen werden im Lauf der nächsten Woche vermutlich abklingen. Und wenn nicht, gibt es andere Optionen.«

Zwei kleine ovale Pillen, eine am Morgen, eine am Abend.

Mum ist still und nachdenklich. Es scheint nicht mehr viel übrig zu sein, wofür es sich zu kämpfen lohnt. Oder es ist genau andersherum, es gibt so viel, dass es sie vollkommen überwältigt. Sie nickt, auf eine Art, die sich jeder Psychiater von seinen Patienten wünscht: Ja, Herr Doktor, Sie haben recht. Sie kennen unsere Tochter besser als wir, herzlichen Glückwunsch.

»Was eine Beurlaubung angeht: Ich bin mir ziemlich sicher, dass sie demnächst für eine Nacht nach Hause kann, und dann sehen wir weiter.«

Das ist alles ziemlich schwammig. Was soll dieses Gerede vom Weitersehen? Schwer zu sagen, vielleicht bringt sie sich ja nicht um, wär doch schön, oder?

Ich soll also bald mal nach Hause, soll die Nacht in meinem eigenen Zimmer verbringen, in meinem Bett mit der getupften Bettwäsche. Ich kann essen, was ich will und wann ich will, und ich kann literweise grünen Tee trinken. Allerdings muss ich dann auch in der schwärzesten Nacht mit dem Gewirr in meinem Hirn klarkommen, muss die verdrehten Botschaften ignorieren, die durch meine Nervenbahnen jagen.

»Wie schön.« Mum verzieht das Gesicht zu einem Lächeln. Ob sie wohl genauso nervös ist wie ich?

»Stellt euch vor, ihr wärt ein Baum. Wolltet ihr dann gerne eine große starke Eiche sein oder lieber ein langlebiger Kastanienbaum?«

Elle sieht mich an und verdreht die Augen. Vier Uhr nachmittags, alle sind in den Therapieraum 1 gequetscht. Von der Farbe der Sitzsäcke, auf denen wir hocken, kriegt man Kopfschmerzen, außerdem haben sie kaum noch Füllung. Aber das interessiert keinen, wir sollen jetzt loslegen.

Janice, die Ergotherapeutin, behauptet immer, es ginge ihr um »spielerisches Erkunden«, aber meistens vergisst sie, was sie überhaupt erkunden will und dass zum Spielen Spaß gehört. Sie teilt Blätter aus und wartet wie ein gespanntes Kind, welchen Baum wir wohl zeichnen.

»Jasper, wärst du wohl so lieb, uns zu erzählen, was für einen Baum du dir ausgesucht hast?«

Jasper hält seine ziemlich chaotische Zeichnung hoch. »Apfel«, sagt er verlegen.

»Und warum hast du dich für einen Apfelbaum entschieden, Jasper?«

»Ich mag eben Äpfel.« Er zuckt mit den Achseln und Elle prustet.

»Und du, Will?«

Der kleine Will schaut von dem Sitzsack auf, in den er sich so tief wie möglich verkrochen hat, und hält sein Papier hoch. »Ich hab nur einen Flieger gemacht, tut mir leid …« Er will den Papierflieger durch den Raum segeln lassen, aber das Ding stürzt sofort ab.

Janice setzt sich in ihrem Stuhl zurecht und guckt verärgert. »Dann überleg eben noch mal, wir kommen später wieder zu dir zurück, in Ordnung?«

»Ja, super, das passt«, sagt er enthusiastisch.

Janice bemerkt seinen Sarkasmus nicht. Oder sie ignoriert ihn und dreht stattdessen lieber an ihren Ringen.

»Dann mach ich jetzt mal weiter«, verkündet sie strahlend. »Ich habe eine Espe gezeichnet. Sie symbolisiert die Überwindung von Ängsten und die Entschlossenheit, die in uns allen wohnt.«

»Aber wie soll das gehen, das ist doch bloß ein Baum«, wirft Elle ein. »Mal ehrlich, ich wäre nicht gern ein Baum. Die tun absolut nichts, stehen bloß so rum, hundert Jahre oder länger, bis sie sterben. Das macht doch keinen Spaß.«

»Aber darum geht es bei der Übung nicht, sondern ums Erkunden …«

»Von Bäumen?«, fragt Elle skeptisch.

Janice rückt unbeholfen eine Haarklammer in ihren Dreadlocks zurecht. »Wie ist es mit dir, Harper, was hast du gemalt?«

»Eine Palme.«

»Sehr gut! Und was gefällt dir besonders gut an einer Palme?«

»Keine Ahnung. Andere Bäume kann ich halt nicht malen. Und, na ja, irgendwie find ich Palmen ziemlich cool …« Sie verstummt, als sie merkt, dass alle sie anstarren.

»Sie sind wirklich cool«, sagt Janice. »Lasst uns doch mal alle zusammen über Palmen nachdenken, ja?«

Sie klammert sich an einen Strohhalm, denn nicht mal Harper selbst hat etwas über Palmen zu sagen, obwohl sie eine gezeichnet hat. Elle stöhnt laut auf und stößt mich in die Seite. Janice beachtet sie nicht.

»Welche Eigenschaften haben Palmen?«

»Sie sind leicht zu zeichnen«, sagt Elle höhnisch und Jasper bricht in Lachen aus.

»Noch was anderes? Sie wachsen meistens in heißen Gegenden, stimmt's?« Janice scheint zu erwarten, dass wir im nächsten Moment alle begeistert darauf eingehen. Keiner sagt etwas. »Na ja, zum Beispiel können sie mit ihrem Schatten vor grellem Sonnenlicht schützen. Vielleicht sind sie auch ein Hoffnungsschimmer in einer Wüstengegend oder auf einer einsamen Insel. Wie können wir das auf unser Leben übertragen? Vielleicht hat Harper eine Palme gewählt, weil so eine Palme wie eine Schulter ist, an der man sich ausweinen kann, wenn alles zu schwer wird?«

»Also echt, was soll der Scheiß?«, sagt Elle. »Sie hat doch gesagt, warum sie eine Palme gemalt hat, das hat damit nichts zu tun.«

»Elle, wenn du das Gleichgewicht in der Gruppe störst, bleibt mir wohl nichts anderes übrig, als dich zum Gehen aufzufordern.«

»Schon in Ordnung, ich hau ab. Das hier ist totale Zeitverschwendung.«

Janice sieht ihr hinterher, als sie aus dem Zimmer rauscht. Sie wirkt verwirrt und ein bisschen geknickt, anscheinend kann sie absolut nicht verstehen, wieso keiner außer ihr so gerne Bäume interpretiert. Ich habe fast so was wie Mitgefühl. Ein paar Sekunden lang sitzt sie nur da, schweigend und ohne sich zu rühren, dann richtet sie sich wieder auf und macht munter weiter, als ob nichts passiert wäre. »Von Palmen können wir wirklich alle was lernen, seht ihr?«

Als wir zwanzig Minuten später gehen dürfen, finde ich Elle im Essensraum, in eine Partie Schach mit Pfleger Will vertieft.

»Schach!«, verkündet sie, als ich das Zimmer betrete, und knallt mit großer Geste einen Turm auf das Brett.

»Nein«, sagt Will ärgerlich. »Der Turm kann nicht diagonal ziehen, das hab ich dir doch eben erklärt. Du musst ihn geradeaus bewegen.«

»Das gilt vielleicht für *deine* Türme«, antwortet sie knapp und schubst seinen Läufer weg. Er rollt vom Tisch und landet auf dem Boden.

»Sehr charmant.« Er grinst. »Hör mal, Elle, ich kann nicht mit dir spielen, wenn du dich nicht an die Regeln hältst.«

»Aber wer macht denn die Regeln?«, fragt Elle. »Wieso kann ich sie nicht machen? Ich würde mir viel bessere Regeln ausdenken als die Leute, von denen das hier stammt.«

Seufzend setze ich mich in eine andere Zimmerecke und vertiefe mich in ein Kreuzworträtsel, das ich sowieso nicht lösen kann. Wenn sie so drauf ist, so unruhig und rechthaberisch, habe ich keinen Bock auf Elle. Sie motzt dann alle an und tut, als könnte sie die Welt erobern und gleich noch das Universum dazu. Das ist mir zu anstrengend.

Und manchmal ist sie furchtbar konfus. Sie hat mir

mal erzählt, sie könnte fliegen, und am Ende mussten drei Schwestern sie festhalten, damit sie sich nicht das Treppenhaus runterstürzt. Ein andermal hat sie behauptet, sie würde entlassen, und hat stundenlang mit gepacktem Koffer vor der Sicherheitsschleuse am Ausgang gesessen. Einmal hat sie sogar vergessen aufs Klo zu gehen, weil sie so vertieft war in ihre Geschichte, wie sie mal einen eigenen Stern im Weltall erschaffen hat. Sie ist rot angelaufen, als sie den nassen Fleck auf dem Sitzsack gesehen hat.

Dr. Flores stürmt ins Zimmer. Seine Brille sitzt schief auf der Nase und er hat ein Telefon dabei, das er mit der Handfläche halb abdeckt.

»Elle, kannst du mal kommen?«, fragt er und wedelt mit der freien Hand.

»Ich spiele Schach«, sagt sie abweisend.

»Egal, das kann warten«, sagt Will. »Du solltest jetzt zu Dr. Flores gehen.«

»Na gut, aber verrück bloß keine Figuren, solange ich weg bin.« Elle läuft zur Tür, die Dr. Flores mit dem Fuß für sie aufhält.

Will schnauft. »Als ob ich das tun würde.«

Eine Stunde später treffe ich Elle wieder, als sie aus dem Waschraum schleicht und sich dabei Mascara aus dem Gesicht wischt.

»Dr. Flores will mich nicht rauslassen. Dabei hat er mir versprochen, dass er's tut, wenn es mir besser geht«, murmelt sie düster und schließt die Tür zu meinem Zimmer hinter sich. »Meine Pflegeeltern wollen mich nämlich nicht haben. Sie sagen, sie wüssten nicht, wie sie mit mir umgehen sollen. Jetzt kann ich nirgends mehr wohnen. Schon wieder.«

»Was?«, frage ich, obwohl ich ihre Worte gut verstanden habe.

»Noch dazu war das ein Langzeitplatz«, fährt sie fort. »Ich hätte bei ihnen bleiben sollen, bis ich achtzehn bin und alleine wohnen kann, und an Weihnachten oder so hätte ich sie bestimmt besuchen können. Drei Jahre hab ich da gewohnt und jetzt schmeißen die mich einfach raus wie ein Stück Scheiße.«

»Elle …« Ich weiß nicht, wie ich reagieren soll. Ich denke an meine Mum und meinen Dad, die noch im schlimmsten Drama wie Kletten an mir kleben, auch wenn ich das gar nicht will. Das hat Elle nie erlebt. Von dem Moment an, als ihre Mutter vor ihren Augen an einer Überdosis Heroin gestorben ist, war sie allein. Elle war damals drei, es ist ihre früheste Erinnerung.

»Ich bin so blöd, ich bin so blöd«, stöhnt sie, lässt sich auf mein Kissen fallen und streicht die Haare vor ihre verweinten Augen.

»Du bist nicht blöd, Elle«, sage ich ungeschickt. »Das bist du nicht.«

»Bin ich doch. Ich dachte, das wären nicht bloß irgendwelche Leute, die Kinder in Pflege nehmen. Sie waren meine Familie, und nicht mal die wollen mich. Jetzt hab ich überhaupt keinen mehr.«

Ihrer Stimme fehlt jedes Funkeln. Sie redet matt und eintönig, macht keine Pausen zum Atemholen, sitzt vornübergebeugt da, als hätte sie einen Schlag in die Magengrube gekriegt, und fährt sich mit ihrem schmuddeligen Ärmel übers Gesicht.

»Du hast mich.« Ich setze mich neben sie und schiebe ihr die roten Haare aus dem Gesicht.

»Danke.« Ihre Stimme klingt dumpf, weil ihre Nase ganz verstopft ist. »Weißt du, ich hab echt gedacht, ich bedeute denen was. So war's aber nicht, die haben mich die ganze Zeit gehasst. Ich bin so blöd.« Da muss sie gleich wieder weinen, die Tränen strömen über ihre Sommersprossen und sickern in den Kissenbezug.

»Das ist doch nicht deine Schuld …«

»Ist es doch. Mit mir muss irgendwas falsch sein. Ich war in zehn verschiedenen Pflegefamilien. Und nimm meinen Namen: Elle Simon. Wo kommt das Simon her? Nicht mal das weiß ich. Hieß meine Mum so? Ich weiß gar nichts. Ich bin ein Niemand.«

»Elle …«

»Das ist alles so sinnlos.« Sie beachtet mich nicht. »Ich komm hier nie mehr raus, egal wie sehr ich mich anstrenge. Ich kann nirgends hin. Und ich hab mich wirklich angestrengt. Ich muss hier weg, ich hasse es hier, ich ertrag das nicht, eingesperrt zu sein, ich wollte doch nur mal für eine einzige Nacht raus.«

»Gibt's denn keinen anderen Ort, an dem du eine Nacht lang bleiben kannst?«, frage ich hilflos.

Elle guckt mich verächtlich an. »Welchen denn? So was wie das entzückende Hostel, in dem ich mit zwölf gewohnt habe? Super Idee, Tay.«

»Tut mir leid«, sage ich verletzt. »Tut mir echt leid, Elle.«

»Ich weiß. Mir auch«, murmelt sie. Ihr Atem geht unregelmäßig, ihr Brustkorb hebt und senkt sich schnell. »Mir tut es auch leid.«

Kreischen.

Wer stirbt? Unerbittliches Alarmgeheul, wie ein Schlag ins Gesicht, der dich aus dem Schlaf reißt. Pumpendes Adrenalin. Jemand brüllt. Krankenschwestern in Blau sprinten an dem Sichtfenster in der Tür vorbei. Ich drehe mich im Bett um und versuche mir vorzustellen, dieser Tag hätte nicht mit einem Selbstmordversuch angefangen. Der Alarm schrillt weiter.

Ein dumpfer Schlag.

Das ist nicht Elle, sage ich mir. Nennen wir die Person lieber »verzweifelte Patientin A«.

Ich stelle mir vor, wie verzweifelte Patientin A von schwitzigen Händen festgehalten und auf den Boden gedrückt wird, dabei windet sie sich und spuckt wie ein Tier.

Schnipp.

Der improvisierte Strick wird aufgeschnitten, die Wollfäden müssen aus der Kunstgruppe stammen.

Verzweifelte Patientin A flucht schlimmer, als ich je einen Menschen habe fluchen hören.

Will redet auf verzweifelte Patientin A ein, will sie beruhigen, ihr zersplittertes Hirn zur Vernunft bringen, aber sie kreischt und kreischt, lauter als der Alarm, und drückt ihr Gesicht in den kratzigen Teppich.

Ich schließe die Augen.

Türen gehen auf.

»Zurück in die Zimmer mit euch.«

Türen knallen zu.

Verzweifelte Patientin A fleht Gott an, dass er allem ein Ende machen soll. Wortfetzen, hervorgepresst zwischen Schluchzern. Gott hört sie nicht.

Der Alarm hört auf, auf dem Korridor wieder köstliche Stille. Von nebenan nur noch ein Schniefen. Verzweifelte Patientin A gibt sich offenbar geschlagen und nimmt feierlich eine Dosis Diazepam in einem Papierbecherchen entgegen. Die Uhr auf meinem Nachttisch piept: Es ist sieben Uhr morgens.

Will stürmt in mein Zimmer und schiebt die Vorhänge beiseite, was nicht viel ändert, weil die dünnen Dinger das Licht sowieso durchlassen. Draußen regnet es.

»Raus aus den Federn, du Morgenmuffel, der Tag wird super.« Als hätte ich den Tumult nicht mitgekriegt.

Verzweifelte Patientin A weint immer noch leise.

Ich habe Ausgang, bin aber nicht zu Hause, sondern auf einer Party. Bei Toby daheim, es ist seine Party, die Räume sind voll mit lauter normalen, vernünftigen Leuten, die so tun, als hätten sie Spaß. Das Ganze ist ein High-Heel-Event, kleines Schwarzes mit tiefem Rückenausschnitt und so. Alle haben Flaschen mit Edel-Cider in der Hand und warten, dass das Zeug wirkt und sie in Stimmung bringt. Keiner beachtet mich, wie ich da auf meinem Sessel in der Ecke sitze. Ich bin eine eher unerfreuliche Randerscheinung, so was wie ein Fleck auf dem Wohnzimmerteppich, aber das macht mir nichts aus. Ich falle nicht gern auf, habe ich das schon mal erwähnt? Ein paar Leute aus der Stufe über mir spielen in einer kaum beleuchteten Ecke Flaschendrehen, fluchen dreist und filmen überzogen leidenschaftliche Küsse auf ihren Smartphones, als bleibende Blamage. Schweißgeruch liegt in der Luft. Auf dem Boden zerbröselte Tortilla-Chips.

»Tamar!« Toby schlängelt sich durch das beinahe undurchdringliche Meer von Leuten. »Ich bin so froh, dass du da bist.« Er setzt sich neben dem Sessel auf den Boden. Verlegen lächeln wir uns an und tun so, als würden wir uns nicht an das Fiasko bei unserem letzten Treffen erinnern.

»Wie geht's dir denn so?«, frage ich und setze mich zu ihm auf den Boden.

»Läuft bestens. Und du, alles so weit in Ordnung?«

»Glaub schon. Kommt drauf an, was du meinst. Wenn ein Mordanschlag auf meinen Psychiater in Ordnung geht, dann ist alles top, ja.«

Er lacht. Wenn es doch wirklich nur ein Witz wäre.

»Ich habe dich vermisst«, sagt er ernst. »Wenn du entlassen wirst, sollten wir wieder öfter was zusammen machen. Auf eine Portion Pommes in die Stadt gehen wie in alten Zeiten oder so was in der Art.«

»Was ist mit Mia?«, frage ich. Er zuckt mit den Achseln.

»Die muss ja nicht mitkommen. Sie kann allein auf sich aufpassen. Hör mal, tut mir echt leid … also das da im Krankenhaus … Ich hab's gehört. Ich hätte sie nicht mitgebracht, wenn …« Er verstummt.

»Wie geht's ihr?«

»So wie immer eigentlich … dich kann sie weiter nicht

ausstehen, das Übliche«, sagt er grinsend. »Und sie hat eine Stinkwut auf mich, weil ich mich nach der Krankenhaussache auf deine Seite gestellt habe. Jetzt gibt es keinen mehr, mit dem ich rauchen kann. Also alles ziemlich einsam.« Er lacht, scheint aber die Szene in Gedanken noch mal durchzugehen. Ich seufze. »Trinkst du?«

»Weiß noch nicht. Ich hab versprochen, dass ich's lasse«, antworte ich halbherzig. Dabei ist mir klar, dass ich trinken werde, jetzt wo Toby mir das magische Elixier zur Beruhigung meiner Nerven anbietet.

»Nimm halt bloß einen Shot oder zwei«, sagt Toby. »Das merkt deine Mutter gar nicht. Wenn du schon mal in Freiheit bist, solltest du das doch genießen, oder?«

Falls irgendwer danach fragen sollte: Es liegt am Gruppendruck, dass ich mich nach dem ersten Shot auf den Küchenboden setze und die restliche Flasche alleine austrinke. Ich kippe das Zeug, als ob es Wasser wäre, bis der Raum auf einmal schwankt und sich Tobys Gesicht vor meinen Augen in Knetmasse verwandelt. Alles dreht sich, dunkel gekleidete Leute schreien mir ins Ohr und fassen mir an den Rücken, eine Flasche Wodka-Mix geht zu Bruch, das blaue Zeug ergießt sich auf den Boden, sickert in die Fugen zwischen den Kacheln. Ich glaube, das Gelächter kommt von mir, ein Ausbruch wilder Heiterkeit über die ganze verdammte Welt. Ich hatte irgendwie vergessen, wie witzig sie ist. Lachend rufe ich: »Ich bin überhaupt nicht betrunken, ich kann immer noch gerade laufen, guckt mal«, und knalle mit dem Kopf gegen die Haustür. Genau in dem Moment, als jemand sie aufreißt, meine Stirn stößt heftig gegen die

Klinke. Ein paar nüchterne Leute, die das nicht besonders witzig finden, hieven mich hoch, setzen mich auf einen Stuhl und geben mir Wasser. In einem Plastikbecher, damit nichts passiert, wenn er mir aus der Hand rutscht. Toby redet auf mich ein, aber ich höre nicht zu, weil mich seine ungewöhnliche Augenfarbe viel mehr interessiert. Mir ist noch nie aufgefallen, wie grau seine Augen sind, mit kleinen pfauengrünen Sprenkeln drin, die man nur ganz aus der Nähe sehen kann.

Dann Toby und ich, in einem Raum voller Leute, ich spüre sein Gesicht ganz dicht an meinem, obwohl mein Wodka-Hirn mir die Sicht vernebelt und Rihanna röhrt, aber nur als Hintergrundgeräusch. Ich berühre seine Lippen mit meinen, nur kurz, nicht länger als ein paar Sekunden, glaube ich.

»Sorry«, nuschele ich verlegen und nehme die Arme von seinem Rücken.

»Das ist okay.« Er bleibt dicht bei mir.

»Nein, ist es nicht. Ich bin betrunken …« Ich lache.

»Stimmt. Darüber reden wir aber erst morgen …«

Schnellvorlauf zum nächsten Tag, dem fraglichen Morgen.

Ich wache in meinem Bett auf. In meinen Haaren hängt Kotze in gipsähnlichen Brocken. Ich liege unter vier Bettdecken und die Heizung ist voll aufgedreht, trotzdem ist mir kalt. In meinem Mund ist ein grässlicher Geschmack. Ich stehe auf und krache erst mal voll in meine Kommode, dann falle ich hin und bleibe auf dem Boden liegen. Bisschen komisch, das alles. Ich sehe die EKG-Kleber an meinen Handgelenken und auf der Brust und mir fällt wieder ein, dass ich auf einer Party war. Fuck, was ist letzte Nacht passiert? Ich wanke ins Bad und versuche mich zu waschen. Für meine Finger ist das Wasser viel zu heiß, aber im Gesicht wirkt es komischerweise nur lauwarm. Mit jeder Ladung Wasser kommen Bruchstücke des Abends zurück, das Ganze ist wie bei einem kaputten Laubsäge-Puzzle.

Ich war auf Tobys Party. Er hat gesagt, ich soll schon eine Stunde vorher kommen, und Mia war nicht da. Aber Wodka war da. Über den Rest weiß ich nichts. Ich stolpere zurück in mein Zimmer und lege mich wieder hin, denn ich spüre, dass ich gleich gewaltige Kopfschmerzen kriegen werde. Ich weiß nicht, wo Mum ist. Dad ist bei der Arbeit, das ist klar.

Der Morgen verstreicht und mein Kater flaut langsam ab, also stakse ich zur Dusche und halte mich an den Armaturen fest. Die Wunde an meinem Arm brennt, als Shampoo über den Schorf rinnt.

»Tamar? Komm raus, ich muss mit dir reden.« Mum wirkt noch verkaterter als ich und guckt ziemlich grimmig.

Oh, Scheiße.

»Du hast versprochen auf dieser Party nichts zu trinken, das war meine einzige Bedingung. Wie erklären wir Dr. Flores, dass du nach weniger als vier Stunden zu Hause in einem Rettungswagen gelandet bist, bloß weil du deine Grenzen nicht akzeptierst? Wie sieht das denn aus?«

»Weiß nicht. Ich bin nur … keine Ahnung, das war ein Unfall.«

»Ein Unfall?!«, schnaubt sie. »Wie soll das ein Unfall

sein, wenn man sich höchstpersönlich mit Wodka volllaufen lässt? Kannst du mir das erklären?«

»Hör zu, ich hab rasende Kopfschmerzen, können wir das später besprechen ...«

Ich mache mir einen supergesunden Smoothie mit Kiwi, Minze und Avocado, um den Schaden wiedergutzumachen, den meine Leber letzte Nacht erlitten hat. Das Zeug schmeckt widerlich. Gesundheit und Glück sind einfach nichts für mich. Stattdessen löffle ich ein halbes Glas Nutella in mich rein.

Brew kommt in mein Zimmer. Er sabbert und wedelt zur Begrüßung mit seinem schokoladenbraunen Schwanz. Dann legt er mir den Kopf auf die Knie und hechelt so sehr, dass ihm die Zunge aus dem grauen Maul hängt.

Die Idee, ihn Brew zu nennen, stammt von Dad. Kann sein, dass das irgendwas mit Bier zu tun hatte, aber ich weiß es nicht mehr genau. Ich war erst acht, als wir ihn zu uns geholt haben. Da war er noch ein Welpe und gerade mal acht Wochen alt. Ich habe hinten im Auto gesessen und ihn auf dem Schoß gehabt. Wir beide zusammen unter einem Sicherheitsgurt, den ich Brew über den weichen Bauch gezogen habe. Damals passte er noch in eine Tasche. Jetzt bringt er stolze 31 Labrador-Kilos auf die Waage und ich kann ihn nicht mal mehr hochheben.

Während ich die Nutellareste aus dem Glas kratze, fügen sich in meinem Kopf langsam noch ein paar Puzzleteile der letzten Nacht zusammen.

Da war Toby, das weiß ich noch. Er hat mir einen Schuss Supermarkt-Wodka in ein Glas gegossen, das wie ein Laborröhrchen aussah, aber ich habe ihm die Flasche weggenommen und direkt daraus getrunken. Das Zeug hat nach Lösungsmittel geschmeckt und in meiner Kehle gebrannt, als hätte ich zu schnell eine Tasse heißen Tee runtergestürzt.

Dann haben wir uns geküsst, aber meine Erinnerung spuckt nur ein paar Schnappschüsse wie von einer Polaroidkamera aus. Der verbrannte Geschmack von Weed auf seinen Lippen, wobei ich nicht weiß, wann oder wo er das Zeug geraucht haben soll. Der Geruch von Wodka mit Zimt, während seine Hände auf meinem Rücken lagen, zwischen der Wirbelsäule und den Schulterblättern.

»Mist«, sage ich. Hoffentlich ist das alles nur Einbildung. Ich kann mich nicht mal bei ihm melden, denn in meinem Plan steht klipp und klar: »Alice darf während ihres Aufenthalts zu Hause weder ein Handy benutzen noch ins Internet gehen.« Das lässt keinen Spielraum für Interpretationen, egal ob ich jetzt Alice oder Tamar bin, was sowieso kaum einen Unterschied macht. Lime Grove tut alles dafür, damit auch zu Hause bloß nichts normal ist.

Ich habe ins Abwaschbecken und auf die Arbeitsfläche gekotzt, so viel ist klar. Vornübergebeugt habe ich dagestanden, der Wodka kam mir aus der Nase und meine Augen tränten, dabei war meine Sicht sowieso schon verschwommen genug. Da war auch ein Rettungswagen, mit blinkenden Lichtern und Männern in Grün, das erklärt wohl die EKG-Kleber. Danach nichts mehr. Anscheinend war ich vollkommen weggetreten.

Nur diesen kurzen Moment mit Toby habe ich noch im Kopf, die einzige klare Erinnerung in einem Nebel von

Nichts. Wenn ich daran denke, brennt es mir ein Loch in den Bauch – ein Gefühl, wie es nur alle Schaltjahre mal vorkommt. Ein schönes Gefühl, glaube ich. Aber sicher bin ich mir nicht. Schließlich ist allgemein bekannt, dass ich mir oft Dinge wünsche, die sich nicht schön anfühlen. Man muss Dr. Flores nur kurz antippen, dann hält er sofort eine Rede über meine Neigung, mich von meinen Gefühlen abzukoppeln. Anscheinend ist das so eine Art Hobby von mir.

Den ganzen Tag über werfe ich Schmerztabletten ein, um die stechenden Kopfschmerzen loszuwerden – sie drücken mir fest gegen die Schläfen, als wäre mein Kopf in einen Schraubstock gespannt. Irgendwie hoffe ich wohl, Toby würde auftauchen, als Ritter in glänzender Rüstung, und mich zu der Ein-Pfund-Pommesbude entführen. Tut er aber nicht. Stattdessen ist alles wie immer. Mum bringt mich in ihrem alten Vauxhall zurück nach Lime Grove, gerade noch früh genug, damit ich gefilzt werden kann, bevor der Abendkreis anfängt und wir gemeinsam über den Tag reden.

»Also, Tamar, wie war's denn so zu Hause? Hab gehört, du warst auf einer Party?« Dr. Flores guckt selbstgefällig. Wir sind in seinem Büro, aber ich rieche noch das Thunfisch-Baguette, das er in der Mittagspause gegessen hat. Er war bei uns, hat uns von der Kante des Rubin-Tischs aus beobachtet – psychoanalytische Studien, wie wir unseren Kartoffelbrei mampfen.

»Ja, stimmt.«

»War sie gut, die Party? Zehn von zehn?«

»Weiß nicht«, sage ich. »Ich war zu betrunken.«

Er lacht. Das überrascht mich, ich hätte eher tiefe Sorgenfalten erwartet und einen Blick, der sagt: Tamar ist die reinste Alkoholikerin. Man muss ihr für alle Zeiten verbieten auf Partys zu gehen.

»Schön, dass du dort warst. Ich unterschätze sicher nicht, wie schwer das für dich gewesen sein muss.«

»Danke«, nuschele ich.

»Sogar wenn alles in Ordnung ist, sind Partys für die meisten Leute schwierig, darum beeindruckt mich das wirklich.«

Also gehöre ich wohl nicht zu den meisten? Nein, wohl kaum. Mein Platz ist bei den schrägen Gestalten am äußersten Rand der Gesellschaft.

»Ich hab mich idiotisch benommen.«

»Das tun Teenager öfter. In einer Woche ist das vergessen.« Er wedelt mit der Hand.

Heute trägt er eine neue Krawatte. Vor einem grünen Hintergrund schwirren Elementarteilchen: Elektronen, Protonen, Neutronen. Sie sieht weniger freundlich aus als die mit dem Periodensystem.

»Sie wollen mir den Ausgang nächste Woche also nicht streichen?«

»Wegen der Party? Nein, natürlich nicht. Alles in allem hast du dich extrem gut geschlagen. Ich hab gehört, du hast dich nicht mal geritzt oder sonst wie verletzt.«

»Dachten Sie denn, das würde ich tun?«

Er wirkt überrumpelt. »Na ja … nein, natürlich nicht … Es geht doch darum, dass du's nicht getan hast. Das ist ein Grund zum Feiern.«

*Hey, holt die Partyknaller raus.*

»Mir war nicht danach. Was passiert, wenn mir danach ist?«

»Also, erstens mal denke ich, du kannst dir ruhig mehr zutrauen. Du hättest dich verletzen können, aber du hast es nicht getan, das ist schon mal großartig. Zweitens müssen wir anfangen über Alternativen nachzudenken – Dinge, die du tun kannst, statt dich zu ritzen oder zu schneiden.«

*Ein Gummiband schnalzen lassen. Einen Eiswürfel halten. In ein Kissen schlagen.*

»Was soll das sein?«, sage ich. »Nägel lackieren funktioniert nicht.«

»Wie wär's mit Laufen?«, fragt Dr. Flores.

Nach dem Tod von Iris habe ich mit dem Laufen aufgehört. Ich war zu langsam, habe bei Wettkämpfen verloren. Nicht nur die Medaillenplätze verpasst, sondern richtig verloren. Unter den Allerletzten zu sein, die japsend und keuchend ins Ziel kommen, war demütigend. Laufen war mein Ding und verlieren einfach keine Option. Wenn ich nicht am Ende das kalte Metall der Medaille auf meiner Haut spürte, gab es keinen Grund mehr weiterzumachen. Anfangs versuchte Toby mich noch zu überreden, ich sollte doch wenigstens beim Training mitmachen, aber mir war klar, dass die mich dort nicht brauchen konnten. Ich war austauschbar.

»Was ist damit?«, frage ich argwöhnisch zurück.

»Ja, was ist damit?« Er schlägt die Beine übereinander.

»Ich laufe nicht mehr«, erkläre ich kategorisch. »Ich habe aufgehört.«

»Genau das meine ich. Wie wär's, wenn du nächsten

Samstag mal einen kleinen Lauf machst – sagen wir zehn Minuten? Dann kommst du am Montag zurück und erzählst, wie es war.«

Ich weiß genau, wie es wäre. Ich versetze mich zurück … Erst kämen die Dehnübungen am Eingang vom Park – Hüfte, Oberschenkel, Schultern. Dann das Loslaufen in den Schuhen, die ich zwei Jahre nicht mehr angehabt habe. Sie wären steif von den festgetrockneten Schlammresten und würden meine Fersen blutig scheuern. Ich würde fünf Minuten durchhalten, vielleicht auch sechs, aber spätestens dann würde das Monster auf meinem Rücken immer schwerer werden, bis ich irgendwann gar nicht mehr laufen könnte. Zehn Minuten würde ich nicht durchhalten.

»Aber wozu soll ich das machen?«

»Sport ist gut«, sagt er achselzuckend. »Bewegung setzt Endorphine frei und ist eine adaptive Copingstrategie.«

Aha. Ich soll also das Schlitzen mit kaltem Stahl durch Seitenstechen ersetzen.

»Keiner sagt, dass du an Wettkämpfen teilnehmen sollst. Das Laufen kann etwas nur für dich sein. Die einzige Person, die du toppen musst, bist du selbst.«

Aber das stimmt nicht, oder? Ich muss zehnmal besser sein als jeder andere, damit überhaupt irgendwer auf mich aufmerksam wird. So funktioniert die Welt. Wofür sollen Examen und Sport und Nobelpreise sonst gut sein?

»Okay«, sage ich. Meinetwegen.

»Ich bin wirklich froh, dass du bereit bist es auszuprobieren. Das wird dir guttun, da bin ich sicher.« Er ist überhaupt nicht sicher. Psychiater sind sich nie sicher, sie tun nur so. »Und wo wir vom nächsten Wochenende sprechen: Wie fändest du es, gleich zwei Nächte zu bleiben?«

*Erschreckend. Schwindelerregend. Erdrückend.*

»Super«, sage ich. »Ich würde wirklich gern das ganze Wochenende nach Hause.«

»Dann sehen wir mal zwei Nächte für dich vor. Aber du musst auf jeden Fall anrufen, falls du in irgendeinem Moment nicht klarkommst.« Er holt seinen Kalender raus und schreibt sich etwas auf. »Oder machen wir es so: Ich sorge dafür, dass dich am Samstag jemand von der Station aus anruft, um zu hören, wie es so läuft …«

»Kann ich mein Handy zurückhaben?«

»Ich wüsste nicht, was dagegenspricht.« Sein Lächeln verrät mir, was er denkt: *Gott, diese Teenager!* »Wie wär's mit einer Stunde am Tag oder so?«

»Gut«, sage ich. »Das geht in Ordnung. Danke.« Kooperieren ist wichtig.

»Gibt es sonst noch was zu besprechen?«, fragt er in einem Ton, der mir klarmacht, dass dieses Gespräch definitiv vorbei ist.

»Nein, eigentlich nicht. Kann ich jetzt gehen?«

»Na sicher«, antwortet er.

Die Tür kommt mir viel schwerer vor als sonst.

# VORHER

Weiterleben, nachdem du versucht hast dich umzubringen, ist seltsam. Eine überwältigende Leere umhüllte mich, eine fast schmerzhafte Taubheit drang mir bis in die Knochen. In einem knallheißen Rettungswagen wurde ich unter zu vielen Schichten durchgeschwitzter Laken in ein überheiztes Krankenhaus gebracht – Januar ist nun mal der Monat der Heizkostenrechnungen. Dort hängten sie mich gleich an einen Monitor und steckten mich in so einen Patientenkittel mit kaputten Bändern. War ich das Opfer? Oder der Täter? Wer war die Person in dem Körper auf dem Krankenhausbett? Keine Ahnung. Jedenfalls nicht ich.

Ein kraftloser Falter schwirrte in die weiße Leuchte über meinem Kopf. Lebendig verbrennen. Warum sind Insekten bloß so wild auf Licht? Ich fragte mich, ob der Falter das jetzt auch dachte: *Mhm, genau genommen war das vielleicht doch keine gute Idee, jetzt werde ich verbrutzeln.* Zu spät, Kumpel, zu spät. Du bist erledigt.

Als die Kotzerei losging, fing ich an zu weinen und der Falter hörte auf zu brummen, er war also tot. Ich nicht. Das Gift in meinem Körper zwang mich, in Schüsseln, auf Bettlaken und in meine Haare zu kotzen. Das Würgen hörte gar nicht mehr auf. Doch das kümmerte mich nicht. Der

Schmerz schüttelte mich durch, als ob ich doch tot wäre, lebend kann so was nämlich keiner aushalten. Meine Schläfen explodierten, meine Speiseröhre brannte. Der Brechreiz erinnerte mich daran, dass ich lebte, egal wie weh es tat. Also hatte ich versagt, vollkommen versagt.

Sie steckten Nadeln in mich rein, befestigten ein Röhrchen an meinem Handrücken und ließen eine Infusion in mich reinlaufen, aber das änderte nichts an der Qual, nicht tot zu sein. Eine Schwester versorgte die aufgescheuerten Stellen an meinem Hals.

»Morgen früh sieht alles schon wieder ganz anders aus«, sagte sie.

Ich war allein. Meine Eltern waren nicht imstande, meinen erbärmlichen Körper anzusehen, wie er zusammengekrümmt in einem Krankenhausbett lag und sich an ein Leben klammerte, das ich nicht wollte.

Neben mir lag ein Kleinkind mit rauem Schlafatem; seine Mutter saß auf dem Stuhl neben seinem Bett. Ein seltsamer Geruch lag in der Luft: moschusartiger Schweiß und parfümiertes Bleichmittel. Die Vorhänge in der pädiatrischen Abteilung hatten ein Dschungeltier-Muster – der ziemlich hilflose Versuch, dem Raum eine persönliche Note zu geben. Die Luft war zäh wie Honig und die Haare klebten mir an der verschwitzten Stirn fest.

Ich bekam Antidepressiva, Antipsychotika und Stimmungsaufheller. Sonst fiel ihnen nichts ein. Andere Patienten – die mit den feuchten Händen – können stundenlang über ihre Angststörung reden. Dann gibt es die Magersüchtigen und die mit Bulimie, die in ihrer ungesunden Beziehung zum Essen gefangen sind, manche von ihnen total ausgemergelt, andere mit Normalgewicht. Und Patienten mit lähmenden Depressionen, für die schon das Aufstehen am Morgen eine enorme Leistung ist und mehr als nur ein Schulterklopfen verdient.

Das Monster, das mich verschluckt hatte, war anders. Die Experten waren mit ihren Deutungsmöglichkeiten schnell am Ende: manische Depression, Schizophrenie, Zwangsstörung … Aber das Monster brauchte kein Etikett und keinen Namen. Das Monster war ich.

Ich blieb drei Tage lang im Krankenhaus. In der Zeit pumpten sie immer mehr Chemikalien in mich rein, um das Gift zu bekämpfen, das in mein Blut, meine Organe und mein Nervensystem eingesickert war. Sie behaupteten, ich hätte großes Glück gehabt, meine Organe seien kurz vorm Versagen gewesen, ich sollte Gott danken, dass ich noch am Leben war. Das war Salz in meine Wunden. Ich wollte nicht gerettet werden.

Am dritten Tag erklärten die Ärzte mich für wiederhergestellt. Sie entfernten die Klebedinger auf meiner Brust, an den Fußgelenken und am Bauch und jagten so viel Kochsalzlösung durch meine Kanüle, dass es sich wie ein eisiger Schauer in meinen Adern anfühlte. Zum Schluss machten sie einen letzten Bluttest. Die Kanüle hätten sie beinahe dringelassen, für alle Fälle.

Anschließend schickten sie mir eine Psychiaterin und einen Jugendhelfer in die Ambulanz: Dr. Chance und Jacob. Dr. Chance hatte einen strengen Hosenanzug an. Jacobs Gesichtsausdruck konnte ich nicht zuordnen, aber er wirkte, als würde er sich aus irgendeinem Grund nicht besonders wohlfühlen. Dr. Chance holte ein Päckchen Kaugummi aus ihrer Tasche und sah mich an. Ich zwirbelte ein Gummiband um meine Hand, das ich im Flur gefunden hatte, und beobachtete, wie meine Fingerspitzen allmählich rot anliefen. Auf meinem Handrücken klebte ein Micky-Maus-Pflaster, wo vorher die Kanüle gewesen war. Angestrengt fixierte ich den dunklen Fleck in der Armbeuge – der Schwester war das Blutabnehmen nicht gleich gelungen. Meine Eltern waren wohl auch irgendwo in dem Gebäude, aber ich wollte sie nicht sehen. Nach dem, was ich ihnen angetan hatte, konnte ich ihnen nicht gegenübertreten, jedenfalls noch nicht.

»Willst du einen?« Dr. Chance hielt mir einen Streifen Kaugummi hin. Ich schüttelte den Kopf. Sie nahm einen und begann langsam und systematisch zu kauen. »Hast du was gegessen in letzter Zeit?«

»Nein«, sagte ich. »Mir ist immer noch schlecht.« Ich machte eine Faust und beobachtete, wie die Adern an meinem Arm hervortraten.

»Das überrascht mich nicht, die Gegenmittel sind wirklich übel. Aber du musst essen, dein Körper hat in den letzten Tagen viel durchgemacht. Soll ich dir ein Sandwich bringen lassen?«

Ich gab keine Antwort, sondern sah sie nur genauso eindringlich an wie sie mich, bis sie den Blick senkte. Still saßen wir da.

»Mann, ist das warm hier drin.« Jacob zog seinen Pulli

aus. »Jedes Mal dasselbe mit den Krankenhäusern, die schaffen es nie, die Temperatur vernünftig zu regeln …«

»Könnten wir ein Fenster aufmachen?«

Ich hatte den Satz kaum ausgesprochen, da standen Jacob und Dr. Chance schon auf, eilten zum Fenster und drückten am Griff des verschmierten Fensters herum.

»So ist es besser«, sagte Dr. Chance mit einem übertrieben warmherzigen Lächeln. »Also, wo fangen wir an? Wie geht es dir im Moment?«

Ich zuckte mit den Achseln.

»Auf einer Skala von eins bis zehn?«, warf Jacob ein und kam sich unglaublich hilfreich vor.

»Zwei, vielleicht auch drei, so in etwa.«

»Also nicht besonders gut.« Dr. Chance bemühte sich ihre Stimme mitfühlend klingen zu lassen. »Du hast ein paar schlimme Tage hinter dir, da ist das keine Überraschung.« Sie kritzelte etwas auf ihren Notizblock. Was sie da schrieb, interessierte mich nicht weiter. Ich ließ nur das Gummiband gegen meine Haut schnappen und konzentrierte mich auf den kurzen, scharfen Schmerz.

»Erzähl uns doch mal, wie du zuletzt geschlafen hast.«

Zuletzt? In den letzten Stunden? Wochen? Monaten?

»Gut. Oder besser gesagt, ich schlafe eben.«

»Wie viele Stunden im Schnitt? Acht? Neun?«

»So in der Art.«

Jacobs Handy klingelte. Er starrte kurz aufs Display, dann stellte er das Teil stumm.

»Entschuldigung«, sagte er. Dafür erntete er den gleichen warmherzigen Blick wie kurz zuvor ich.

»Wie steht's mit dem Essen?«, fragte Dr. Chance weiter. »Ich weiß, dass du jetzt keinen Hunger hast, aber wie war dein Appetit generell?«

Ich gab keine Antwort. Wozu auch? Tick-tack.

»Okay«, sagte sie sanft und notierte wieder etwas auf ihrem Block. »Können wir über das reden, was passiert ist, ist das okay für dich?«

Sie würde mich sowieso danach fragen, egal ob das für mich okay war oder nicht.

»Lass dir Zeit«, sagte Jacob, was auch nichts brachte. »Wir sind nicht in Eile.«

Ich erzählte ihnen, was passiert war. Was ich getan und wie ich es getan hatte, wie sich die Schlinge am Hals anfühlte, als sie sich immer tiefer in meine weiche Haut grub, wie ich den Eindruck bekam, mir würden gleich die Augen aus dem Kopf springen, wie mein Hirn im Schädel immer größer und größer wurde, wie dann aber auf einmal die Stange aus der Wand gebrochen war und ich auf den Boden in meinem Zimmer gekracht war – die Blutergüsse an meinen Knien bewiesen, dass es wirklich so passiert war.

»Wolltest du sterben? War das dein Plan?«

Okay, sie hat danach gefragt. Es ist auf dem Tisch.

»Ich hatte keinen Plan.« Ich schaute wieder auf das Gummiband an meinem Handgelenk.

»Na gut, aber was hast du in dem Moment gedacht? Was hast du gedacht, als du die Tabletten geschluckt hast?«

»Ich wollte … ich weiß nicht, ich hab nicht groß nachgedacht …«, sage ich. »Das ist schwer auszudrücken.«

»Das wissen wir, Tamar, aber du musst es trotzdem ernsthaft versuchen, damit wir dir helfen können«, sagte Jacob gönnerhaft. »Wir können schließlich keine Gedanken lesen.« Die beiden lachten.

»Ich brauche keine Hilfe«, sagte ich patzig.

»Wieso nicht? Findest du, du verdienst sie nicht?«

Ich musste hier weg. Weg von diesem Kaugummi kauenden Zweiergespann, das Witzchen über mich riss. Die beiden starrten mich an. Sie wollten eine Antwort, egal ob ich sie ihnen geben konnte oder nicht. Sie brauchten etwas, das sie in ihren Computer tippen konnten: *Wir haben mit ihr geredet und daraufhin unsere Risikoeinschätzung abgegeben. Sie hat in dem Gespräch behauptet, sie sei nicht suizidal. Tut uns leid, dass sie jetzt tot ist, aber das ist eindeutig nicht unsere Schuld. Wir können nichts dafür, dass sie uns angelogen hat.*

»Wir fragen dich, weil wir besorgt um dich sind. Wir müssen überlegen, ob die Unterbringung in einer geschlossenen Abteilung hilfreich wäre, um deine Sicherheit zu garantieren. Die Klinik, die wir im Sinn haben, ist nicht weit weg und du müsstest auch nicht lange dort bleiben …«

Bevor ich richtig kapierte, worum es ging, war ich schon aufgesprungen und rannte fluchend und brüllend aus dem Zimmer. Ich war wahnsinnig wütend. Wie konnten sie so was nur sagen? Hatten sie gar nichts begriffen? Sie hatten sogar gelacht, als ob das alles komisch wäre. War es aber nicht.

»Verpisst euch, ihr verschissenen Idioten!«

Und dann waren auf einmal lauter Leute um mich und ich musste weg, also rannte ich zum Klo. Hinter mir rief jemand meinen Namen, aber das war mir egal. Erst klemmte der Riegel, aber dann schaffte ich es doch, die Tür zuzusperren. Ich weiß noch, dass ich die vage Hoffnung hatte, sie würde nie mehr aufgehen. Die Decke schien furchtbar weit weg zu sein. Eine Hand drückte ich fest gegen die Toilette, mit der anderen umfasste ich meine Haare. Hier gab es nur mich und vier Wände, blanke weiße Wände mit abgestoßener Farbe. Von draußen drang gedämpfter Lärm herein und ein paar Sekunden lang machte ich nicht das geringste Geräusch, damit niemand meinen Atem hörte. Dann begannen sich die Wände zu drehen und alles verschwamm. Die Tränen kamen schnell, ich konnte nichts dagegen tun. Erst liefen sie mir übers Gesicht, dann stützte ich mich auf Hände und Knie und sah zu, wie sie auf den Boden fielen. Tropf, tropf.

»Oh, scheiße. Scheiße, scheiße, *scheiße*!« Das konnte doch alles nicht wahr sein. Ich sank auf den Boden, eine Hitzewelle strömte durch meinen Körper. Ich stieß meinen Kopf gegen die Wand, eher sacht und in einem Rhythmus, der mich tröstete. Vor der Tür war jetzt nur noch eine Stimme zu hören, die von einem Mann. Was er sagte, kam nicht bei mir an, aber seine Stimme war fest und ruhig, und irgendwann bahnte sie sich doch ihren Weg in meinen rasenden Kopf. Stöhnend rollte ich mich auf die Seite, als würde mir der Bauch wehtun, was vielleicht auch der Fall war. In dem Moment tat mir eigentlich alles weh.

»Tamar, warum machst du nicht auf, damit wir sprechen können?« Er redete immer weiter, aber die nächste Welle unbeherrschbarer Verzweiflung spülte seine Stimme weg.

Ich kauerte mich zusammen, mit dem Gesicht am Boden. Hygiene war mir egal; dass ich den dumpfen Geruch der Fliesen riechen konnte und jede kleine Macke darin sah, war mir egal; dass mir die Tränen übers Gesicht liefen und meinen Schlafanzug nass machten, war mir egal.

*Ich kann das nicht. Ich kann nicht. Oh Gott, bitte mach dem ein Ende.* Dann fasste ich mir mit beiden Händen an den Hals und drückte fest zu, grub meine Nägel in die schweißnasse Haut und schaute nach oben. Die Decke war weit weg, aber auf einmal kam es mir so vor, als würden die Wände immer näher heranrücken. Ich konnte nicht mal mehr die Beine ausstrecken. So würde es also zu Ende gehen. Ich würde von einem winzigen Raum ohne Tageslicht erdrückt werden, würde keuchend nach Luft schnappen, würde weinen und weinen und kaum mehr was sehen. Dann ließ ich meinen Hals los, beobachtete, wie das Blut in meine weißen Fingerspitzen zurückströmte, und sog Luft in meine Lungen.

»Tamar, wenn du nicht rauskommst, rufe ich die Polizei.« Hat er das wirklich gesagt? Ich weiß nicht. Vielleicht habe ich nur einen Grund gesucht, diesem Raum zu entkommen, bevor er mich mit Haut und Haar verschluckte. Jedenfalls zwang ich mich zurück auf die Knie, schob den Riegel zurück, zog mich hoch und öffnete die Tür. Vor mir war das Gesicht einer reichlich verrückt wirkenden Person, deren zerwühlte Haare in alle Richtungen abstanden und in einem unangenehmen Pink getönt waren. Ihr Gesicht war an manchen Stellen zu weiß, an anderen zu rot. Über ihren Augenbrauen klebte Rotz; wie er dort hingekommen sein konnte, war mir ein Rätsel. Während ich nach und nach begriff, dass diese Person *ich* war (jedenfalls das, was aus mir geworden war), ging Jacob zum Handtuchspender. Er drückte mir mehr Papiertücher in die zitternden Hände, als ich brauchen konnte. Ich putzte mir die Nase, feuchtete die Tücher an und wischte den Rotz weg, als ob es darauf ankäme.

Dann führte mich Jacob in den Korridor und holte mir einen Becher Wasser. Ich biss mir auf die Lippe, um die Tränen zu stoppen.

»Gehen wir zurück ins Zimmer?«, fragte Jacob. Ich nickte benommen und folgte ihm. »Du kannst dich aufs Sofa setzen.« Ich ignorierte ihn und nahm stattdessen den Stuhl, der am nächsten bei der Tür stand, vergrub den Kopf in den Händen und weinte weiter. *Wieso kriege ich mich nicht in den Griff?* Meine Wut war in sich zusammengefallen. In meiner Brust herrschte eine dumpfe Leere, irgendwas zwischen Angst und Verwirrung. Ich zitterte am ganzen Körper. Und ich war meinen Haaren so dankbar, denn egal wie spröde und zerzaust sie sein mochten, als Vorhang zwischen mir und der Welt funktionierten sie erstklassig.

Falls ich irgendwann mal mit dem Gedanken spiele, mir die Haare abzuschneiden, werde ich immer daran denken, wie sie mich in diesen Minuten beschützt haben, und es mir anders überlegen.

Über die Psychiatrie hatte ich schon viel gehört. Ich wusste, dass sie einen da festbinden und mit Spritzen traktieren und in Gummizellen stecken, wenn man sich nicht ordentlich benimmt. Ich war nicht verrückt. Wie konnte man mir das antun?

Ich versuchte mich halbwegs wiederherzurichten und zog Straßenklamotten an. Drehte das kalte Wasser auf und hielt meine Hände so lange drunter, bis sie wehtaten, wechselte zum heißen Wasser und spritzte es mir ins Gesicht, trocknete mich mit Papier aus dem Handtuchspender ab. Die verbundenen Wunden an meinem Arm juckten.

Langsam überquerten wir den Parkplatz. Ich kontrollierte jede Bewegung, beobachtete, wie ich lief, wie ich die Arme hielt, wie schnell ich atmete. Ich spürte mich selbst grauenhaft genau. Jacob legte mit irgendeiner Geschichte über Enten los, aber schon beim zweiten Satz driftete ich weg. Ich wollte abhauen, in einen Winkel verschwinden, mich zusammenrollen und sterben, ohne dass jemand mich störte und mir einzureden versuchte, das Leben wäre doch lebenswert. Dann rannte ich auf einmal in die Gegenrichtung zurück, aber ich kam nicht weit, meine Beine gaben nach, als wären sie aus morschem Holz, in meinem Kopf drehte sich alles und ich ließ mich auf das Pflaster sinken. Jacob beugte sich zu mir herunter, mit einem leisen Lächeln im Gesicht.

»Was war das denn?«

»Ich – verdammt, ich kann nicht …« Ich wollte fast zurücklächeln, merkte aber, dass mir schon wieder die Tränen kamen, also biss ich mir auf die Lippen und stand wieder auf. »Ich renne nicht weg.«

*Sammle deine Gedanken und gehe zwei Züge zurück.*

»Hör zu, wir haben ein Bett für dich gefunden. Bisschen weiter weg, als wir dachten, aber dafür kannst du heute schon hin.«

»Es geht um deine eigene Sicherheit, wir wollen dafür sorgen, dass dir nichts passiert. Du musst nicht lange dort bleiben. Lime Grove ist eine gute Klinik. Sowieso ist das alles nicht so schlimm, wie es sich anhört. Mach dir keine Sorgen, die kümmern sich da gut um dich. Nur kannst du nicht erst noch mal nach Hause und deine Sachen packen. Deine Eltern bringen dir morgen, was du brauchst. Du musst so schnell wie möglich in die Klinik. Falls du wirklich nicht willst, dass deine Eltern dich fahren, kann ich dich hinbringen. Zum Abendessen bist du schon da, wenn wir uns beeilen!«

Unterwegs schwiegen wir. Jacob stellte das Autoradio an und lachte über die nicht wirklich lustigen Witze der Moderatoren auf Radio One. Wir erwischten jede rote Ampel, die es auf der Strecke gab, was ich als Zeichen sah, dass die ganze Welt gegen mich war. Sogar die Ampeln hassten mich. Dabei konnte ich das der Welt nicht mal vorwerfen. Ich war ja eine Mörderin. Jacob fuhr auf Wegen, die ich nicht kannte – ein Stück Autobahn, drei Kreisverkehre, an einem McDonald's Drive-in vorbei, durch kurvige Straßen in trostlosen Vororten und über eine Mautbrücke.

Abbiegen auf eine schlecht instand gehaltene Straße, vorbei an der Klinik bis zum Tor ganz hinten, auf den Summer drücken, vom eintönigen Singsang eines anscheinend gelangweilten Menschen vor einem Computer begrüßt werden. Warten, bis das Tor rumpelnd und quietschend aufgeht.

Es war ein nicht besonders hohes, schlecht gestrichenes weißes Gebäude, unten guckte noch der rohe graue Beton heraus. Beim Eingang stand eine symbolische kleine Linde – Lime Tree, Lime Grove, irgendwie musste der Name ja Sinn ergeben.

Jacob kannte die Leute hier, er und die anderen begrüßten sich lautstark und mit hitzigem Händeschütteln. Der Empfang war durch eine Glasscheibe geschützt, damit keiner die Rezeptionistinnen umbringen konnte. Erst nachdem die Eingangstür wieder sicher verschlossen und zweifach verriegelt war, wurde die Tür zum Schleusenraum geöffnet.

Ich ging durch auf die andere Seite.

# JETZT

Die April-Regengüsse am Morgen haben den Park in ein einziges Matschfeld verwandelt. Nicht nur das Gras ist schlammig, sondern auch die Wege, die sich zwischen den Bäumen durchwinden. Seit ich das letzte Mal hier war, ist der Spielplatz rechts von mir irgendwie gealtert: Die Schaukeln sind rostiger und quietschen leise im Wind, die Wippe ist längst nicht mehr so leuchtend scharlachrot wie früher. Im durchweichten Sandkasten sitzt ein schlecht gelauntes kleines Kind mit seinem Vater und schaufelt halbherzig schweren Sand in einen Eimer.

»Also dann mal los«, sagt Dad und setzt sich auf die nächstbeste Bank. Brew an seiner Seite hechelt angestrengt; anscheinend kann er sich nichts Schlimmeres vorstellen, als ausgerechnet jetzt laufen zu gehen.

»Dad«, mache ich. Ich bin mir nicht sicher, was ich sagen will.

»Tut mir leid«, sagt er steif. »Es tut mir wirklich leid.«

»Was?«, frage ich, obwohl ich weiß, was er meint.

»Na ja, nur … es ist schön, wieder Zeit mit dir zu verbringen. Schön, dass es dir besser geht. Und jetzt ab mit dir.«

Auf einmal scheine ich der Hund zu sein: Dad hat mich von der Leine gelassen, damit ich durchs Gebüsch stromern und Eichhörnchen erschrecken kann und meinen eigenen Schatten anbelle, wenn die Sonne durchs Blätterdach fällt. Freiheit – aber nur für eine Weile.

Ich weiß nicht, ob ich wie sonst vor dem Loslaufen meine Dehnübungen machen soll. Ich versuche mit den Händen meine Zehenspitzen zu erreichen, schaffe es aber nicht. Schöner Start.

Meine Füße wirken steif, als ich in einen schnellen Laufschritt falle. Die Schuhsohlen klatschen auf den nassen Boden, Matsch spritzt an meine Waden. Ich nehme den gleichen Weg wie früher: Erst steigt er steil an, dann muss ich den Baumwurzeln ausweichen, die wie blank poliert aus der Erde ragen, und den Brombeerranken entwischen, die meine Fußgelenke mit ihren Dornen packen wollen. Mein Herz flattert. Ich bin das nicht mehr gewöhnt. Früher wurde jeder Schritt vorwärts von einem starken, stetig pochenden Rhythmus begleitet, jetzt ist da nur planloses Gewummer wie von einem schlechten Schlagzeuger. Ich drehe mich um und sehe Dad, wie er unten auf der Bank sitzt und auf sein Handy starrt. Er würde es nicht merken, wenn ich plötzlich weg wäre. Ich vertreibe diesen Gedanken mit einem Kopfschütteln und laufe weiter, obwohl mir inzwischen die Beine wehtun und ich Seitenstechen habe. So kenne ich mich nicht. Ich kriege nie Seitenstechen. Jedenfalls war das vor zwei Jahren so. Nach einer Kurve liegt der kleine See dunkel und still vor mir, durch die Mitte schwimmt ein Schwan. Der Ort könnte romantisch sein, wenn da nicht die vielen Algen am Ufer wären, in denen sich der Müll fängt. Die Leute werfen alles Mögliche in den See – Parktickets, leere Chipstüten, sogar ein Einkaufswagen ragt aus dem Wasser.

*Eins, zwei, eins, zwei.* Die Schlammspritzer reichen inzwischen bis zu meinen Oberschenkeln. Das ist okay. Schlamm ist okay. Mein Herz schlägt jetzt gleichmäßiger. Eine Ente läuft mit entrüstetem Quaken vor mir über den Weg, ihre Federn sind zerzaust, als hätte ich sie bei einem Nickerchen im Schilf gestört. Ich laufe und in meiner Vorstellung sind neben mir andere Läufer, ihre Energie strahlt auf mich ab, ihre Augen sind fest auf den Boden gerichtet, ihre Hälse feucht vom Schweiß, sie atmen und atmen ... Ich kann schneller rennen, schneller als alle, die ich überhole. Bei jedem Überholen steigere ich das Tempo, meine Beine durchschneiden die Luft fast schneller, als ich es will.

Der Nebel, der seit Jahren meinen präfrontalen Cortex einhüllt, lichtet sich. Er verschwindet nicht, aber er lichtet sich. Wenn Dr. Flores mich jetzt fragen würde, wo auf der Skala ich mich befinde, würde ich neun sagen. Ich fühle mich lebendig.

Mein Tagtraum endet, als ich auf einmal spüre, wie in der engen Tasche meiner Lycra-Leggings mein Telefon vibriert. Gleich hüllt mich der Nebel wieder ein. Keiner ruft mich an. Ich ringe nach Luft (vielleicht vom Rennen, vielleicht auch aus Panik) und ziehe es raus.

Toby.

Ich telefoniere ausgesprochen ungern. Ich mag nicht, dass ich den anderen nicht sehen kann. Du weißt nie, ob die Person am anderen Ende mit dir lacht oder dich auslacht. Oder ob sie dich verflucht und am liebsten in die tiefsten Tiefen der Hölle verbannen würde. Du bekommst ihren Gesichtsausdruck und die Körpersprache nicht mit. Du kannst nicht erraten, was sie denkt.

Zitternd nehme ich den Anruf an und halte das Handy an mein Ohr.

»Hi«, sage ich.

»Hi«, sagt Toby.

»Hi«, wiederhole ich.

»Ja, hallo, tut mir leid, ich ruf nur an, weil dein Dad gesagt hat, heute hättest du dein Handy dabei. Ich wollte mal hören, wie's dir so geht.«

»Alles gut«, sage ich.

»Hör mal, das mit meiner Party tut mir echt leid.«

»Schon in Ordnung«, sage ich. »Ich kann mich sowieso kaum noch erinnern. Aber mir tut es auch leid. Wahrscheinlich habe ich den Abend für alle ruiniert.«

Er lacht. Ist er enttäuscht?

»Du weißt es also nicht mehr?«

»Nein«, sage ich. »Kein bisschen.«

»Oh, okay. Cool ... Dann lass ich dich mal wieder in Ruhe.«

Was würde Elle tun? Verdammte Scheiße.

»Wart mal. Ich – sollen wir mal was zusammen machen? Nächstes Wochenende?«

»Ja, klar. Ich bin dabei.« Ich glaube, er lächelt.

Im Lauf der letzten Woche hat Elle sich verändert. Das haben alle gemerkt. Als wäre sie eine Seiltänzerin, die eine schwindelerregend tiefe Schlucht überquert hat und auf der anderen Seite feststellt, dass das Gras dort doch nicht grüner ist.

Nach der Entlassung von Alice fängt es an. Ihre Mum hat den Arm fest um sie geschlungen, als sie geht, ihr Vater trägt ihren Koffer und ihr Bruder zupft an ihrer Jacke. Elle umarmt Alice zum Abschied, dann macht sie einen Schritt zurück, mit einem seltsamen Gesichtsausdruck. Ich weiß nicht wirklich, was sie in dem Moment denkt, aber im Prinzip verstehe ich es: Das ist nicht fair.

Etwas ist los mit Elle. Nichts Offensichtliches, aber Dr. Flores hat Fünf-Minuten-Checks angeordnet. Eine aufleuchtende Taschenlampe alle fünf Minuten, die ganze Nacht. Ihre Duschzeiten hat sie seit fünf Tagen nicht mehr genutzt; der Rest von uns hat also zehn Minuten mehr Zeit, im Waschraum herumzutrödeln und sich Wasser über die kalten Hände laufen zu lassen. Elle redet und isst mit uns und geht auch zum Unterricht; sie ist nicht komplett in die Depression gestürzt, wo die Leute bloß noch Wände anstarren, aber trotzdem. Ich glaube, die Veränderung ist uns anderen früher aufgefallen als ihr selbst – die leisen Bemerkungen im Stil von »Hat denn irgendwer das Recht zu leben?« und das ständige Schwitzen, das ihre Hände so feucht macht, dass ihr das Besteck aus den Fingern flutscht und zu Boden scheppert. Jeden Morgen und jeden Abend messen die Schwestern ihren Blutdruck, damit die Nervosität in ihrem Hirn nicht ihr Herz angreift und sie am Ende einen Infarkt kriegt. Früher wollte Elle über Reisen in ferne Länder und Revolutionen in psychiatrischen Kliniken reden, aber jetzt hat ihr Dr. Flores die doppelte Dosis Lamotrigin verschrieben. Eine Schwester muss danebenstehen und aufpassen, dass sie mit zwei Bechern Wasser auch wirklich alles runterschluckt. Elle redet jetzt öfter über den Tod als über das Leben.

Die Veränderung wird noch deutlicher, als Dr. Flores ihr den Wochenendausgang verweigert, den sie so dringend wollte. Sie hat immer noch keinen Ort, wo sie hinkann. Da fährt sie die Krallen aus wie eine wütende Katze und schlägt mit tränennassen Augen um sich. Später drücke ich sie an mich, während sie an meiner Schulter weint. Ihr Gesicht ist so verheult, dass man ihre Sommersprossen nicht mehr erkennen kann. Sie ist total verzweifelt über die viel zu vertraute Erfahrung, mit der die Welt da draußen auf sie wartet: von der einen Pflegefamilie über die Verhinderungspflege zu der nächsten geschubst zu werden und nirgends anzukommen.

Bei ihrer Anhörung machen die Ärzte allerdings klar, dass Elle sowieso nicht so schnell zurück in die Welt kommen wird, so wie die Dinge bei ihr laufen. Es bleibt bei der Zwangseinweisung nach dem Medical Health Act. Die können Elle also immer weiter mit Medikamenten vollpumpen, die ihr nicht helfen – dafür ist es zu spät –, und ihr die Freiheit verweigern. Sie darf nicht so leben, wie sie will, sagt sie, darf nicht mehr sein als eine Zahl in der Statistik. Die seien nämlich der Meinung, sie wäre »unfähig eigene Entscheidungen zu treffen«. Das alles macht sie vollkommen fertig.

Ich bin schon wach, als ein schrilles Pfeifen durch die Räume jagt. Erschrocken fahre ich hoch – schon wieder ein Notfall. Aber der Alarm klingt anders als sonst. Irgendwie freundlicher, nicht das gewohnte scharfe Kreischen, das mich jedes Mal in Panik versetzt. Pfleger Will reißt die Zimmertür auf, an seinem Unterarm baumelt eine Trillerpfeife.

»Ich hab mir eine neue Technik ausgedacht, wie ich euch wach kriege.« Grinsend hebt er die Pfeife wieder an die Lippen. Jetzt, wo ich weiß, dass es kein Notfallalarm ist, klingt das Pfeifen viel harmloser.

»Du bist verrückt.« Ich drehe mich noch mal um und versuche mir einzureden, es wäre noch nicht Morgen.

»He, du bist doch die, die in der Klapse steckt!«

Anderen Leuten würde ich so einen Satz nie durchgehen lassen, aber Will darf das. Ich lache.

»Sei nicht so gemein.«

Als Antwort bläst er noch mal in seine Pfeife und marschiert aus dem Zimmer, stolz wie nur was.

Ich brauche zwanzig Minuten, bis ich nach dem Aufstehen und Anziehen – die ersten sauberen Klamotten seit einer Woche – merke, dass Elle nicht da ist. Die Tür zu ihrem Zimmer ist angelehnt und die Vorhänge sind noch geschlossen, aber sie ist nicht drin.

An diesem Morgen kommt Jasper in seinem lila Schlafanzug zum Frühstück und zerkaut voller Verachtung Cornflakes in mikroskopische Krümel, doch der Platz neben mir, wo Elle sitzen sollte, ist leer. Ich sage nichts. Auch der kleine Will merkt, dass sie fehlt. Auch er sagt nichts, aber ich bekomme mit, wie er den leeren Plastikstuhl anstarrt, während er seine Marmelade aus der Verpackung kratzt. Eine Schwester mustert uns herausfordernd, als wollte sie uns davon abhalten, über Elles Verschwinden zu sprechen.

»Ich mag keine Brombeermarmelade«, beschwert sich Will stattdessen.

»In der Kiste ist auch Erdbeer«, sagt die Schwester.

»Jetzt bin ich fertig«, antwortet er leise.

»Dann eben morgen, Will.«

Sitzen nach dem Essen, Morgenkreis, Vormittagssnack und eine Stunde Unterricht ziehen sich in einer apathischen Trance dahin. Die ganze Zeit warte ich, dass Elle die Tür aufreißt und ruft: »Überraschung!« Lime Grove fühlt sich verkehrt an ohne sie. Alles wirkt so viel unglücklicher.

Beim Mittagessen halte ich es nicht mehr aus. Sie ist nicht aufgekreuzt und die ganze Zeit hat keiner ein Wort über sie verloren – es ist, als ob ich mir ihre Existenz nur eingebildet hätte.

»Wo ist Elle?«, frage ich den kleinen Will, während ich mir eine fettige Pommes in den Mund schiebe.

»Anscheinend abgehauen. Frag Jasper, der weiß mehr.« Mit unverhohlenem Ekel stochert er an dem grauen Stück Schellfisch herum.

»Sie ist abgehauen? Schon wieder?«

Will nickt. »Heute Morgen. Sie ist schon seit Stunden weg. Hast du das nicht gemerkt?« Jetzt wendet er seine Aufmerksamkeit den verschrumpelten Erbsen zu, hievt welche auf seine Gabel und schiebt sie sich in den Mund.

Ich habe es gemerkt. Natürlich habe ich es gemerkt. Jasper schubst seine Schale Wackelpudding mit dem Löffel weg.

»Der ist nicht so schlecht, wie er aussieht«, sagt die Schwester am Rubin-Tisch. »Und du musst ihn nicht mal kauen.« Demonstrativ kratzt sie ihre eigene Schale aus, offenbar ist der Wackelpudding nämlich so verdammt lecker, dass sie es nicht erträgt, auch nur einen einzigen Bissen übrig zu lassen.

»Oh«, sage ich. Mir fällt keine Antwort ein.

»Die haben schon die Polizei eingeschaltet«, sagt Jasper, als ich ihn nach dem Mittagessen nach Elle frage. »Ich hab das Telefonat mitgekriegt. Da hieß es, sie wäre eine ›Hochrisiko-Vermisste‹.«

Mit unserem Abhauen zu dritt hat das nichts zu tun, das wissen wir beide. Das hier ist keine spaßige Spritztour und es wird nicht glücklich enden. Elle war in der letzten Woche total am Boden. Das wirbelnde Energiebündel, das sie bei unserer großen Flucht gewesen ist, gibt es nicht mehr; ihr mitreißender Schwung ist zu einer panischen Aufregung geworden, in der nichts Platz hat außer Schmerz.

Und was heißt schon total am Boden? Das kann doch keiner definieren. Manchmal denkst du, du bist dermaßen schlimm abgestürzt, dass es tiefer nicht mehr geht. Aber dann kapierst du: Deine Finger krallen sich an einem Felsvorsprung fest und du bist immer noch ein Stück über dem Tiefpunkt. Ganz unten ist viel tiefer und finsterer, als du geglaubt hast.

»Wie ist sie rausgekommen?« Warum haben die Schwestern nicht aufgepasst? Wie konnten sie sie bloß abhauen lassen?

»Keine Ahnung.« Jasper seufzt. »Jedenfalls war sie schon

vorm Frühstück weg, es muss also während der Nachtschicht passiert sein. Vielleicht waren die einfach zu müde, um was mitzukriegen.«

»Klar, super Ausrede.« Ich warte, dass er lächelt, aber dafür macht er sich zu viele Sorgen. Mir geht es genauso. Elle kann überall sein und wer weiß was tun. Sie kann tot sein.

In gedrückter Stimmung betreten wir den Unterrichtsraum. Keiner beschwert sich über die beiden Extra-Schulstunden, nicht mal Harper. Sie setzt sich und zeichnet mit rotem Whiteboard-Marker ein Netzdiagramm. Eine geschlagene Stunde lang bewegt sie sich kaum, rückt nur ab und zu ihr Blatt zurecht oder wischt mit dem Ärmel über den Tisch, wenn die Farbe vom Stift durchs Papier geht.

Ein Lehramtsstudent will uns mit Klebezetteln und einem Globus die Kubakrise erklären, aber die Invasion in der Schweinebucht kümmert mich nicht. Mich kümmert nur, ob Elle am Leben ist oder nicht, daher präge ich mir kein einziges Datum ein. Vielleicht ist der Typ aber auch ein miserabler Pädagoge. Er zieht ein Taschentuch aus dem Ärmel und wischt sich den Schweiß von der Stirn.

»Wenn wir also in Anbetracht des skizzierten Hintergrunds darüber nachdenken, wie die Entwicklung von Atomwaffen unsere Einstellung zum Krieg als solchem verändert hat, was können wir dann festhalten?«

Kein Mensch will noch mal eine Pilzwolke, die unschuldige Menschen verschlingt. Das ist sonnenklar. Was war noch mal die Frage? Ich bekomme einen Kuli und zwei dünne Blätter, damit ich mit meinem kaputten Hirn in fünfhundert perfekten Wörtern aufschreiben kann, was 1962 in Kuba passiert ist. Ich muss den Globus zweimal drehen, bis ich Kuba endlich finde, unter einem orangeroten Klebezettel, der gleich auch noch die Hälfte von Mexiko versteckt.

Wirf eine Münze. Ist sie tot oder lebt sie?

Ich binde meine fettigen Haare zu einem Pferdeschwanz zusammen, dann löse ich ihn wieder und flechte mir einen Zopf. Ich versuche mich zu überzeugen, dass ich wirklich alles tue, um diese grässlichen Sekunden anzuhalten. Harper reißt ein neues Blatt von dem Block, der neben ihr liegt, nimmt einen grünen Marker und macht weiter mit ihren Netzdiagrammen. Auf der anderen Seite des Raums hört Jasper anscheinend Maureen zu, wie sie irgendwas über *Das Bildnis des Dorian Gray* und den Symbolismus herunterleiert. Jedenfalls nickt er an den richtigen Stellen und markiert ab und zu etwas mit dem Textmarker in seinem Buch.

»Das ist ein sehr philosophisches Werk, ein Roman, der uns wirklich zum Nachdenken bringen will.«

»Ja, klar.«

»Was lässt sich also über das Porträt sagen? Soll es einfach nur ein Bild von Dorian Gray sein oder steht es für mehr?«

»Das Bild steht für mehr«, sagt Jasper gelangweilt.

»Richtig.« Maureen rückt ihre falschen Zähne zurecht.

Als der Unterricht zu Ende ist, taucht die Polizei in Lime Grove auf. Genau um drei Uhr trampeln sie in ihren schweren schwarzen Stiefeln herein, durchsuchen Elles Zimmer und drehen alles um. Die Matratze auf dem Bett, jede einzelne Socke. Keine Ahnung, was sie suchen. Als die Aktion auf das restliche Gebäude ausgeweitet wird, müssen wir in den Essensraum. Vielleicht hat Elle ja eine geheime Botschaft auf einem zerknitterten Zettel hinterlassen, im DVD-Regal oder zwischen den Handtüchern im Wäscheschrank. Bestimmt finden sie jede Menge anderes Zeug: die schmuddeligen Wachsstreifen, die Alice benutzen wollte, bevor sie gemerkt hat, dass sie abgelaufen und viel zu klebrig waren; das kaputte Feuerzeug, das letzte Woche irgendwie in der Zeitschriften-Box gelandet ist. Aber Hinweise darauf, wo Elle sein könnte, finden sie nicht. Überhaupt deutet nichts darauf hin, dass es bei der Suche nach Elle Neuigkeiten gibt, bis wir abends nach dem Essen im Aufenthaltsraum sitzen. Da springt Harper auf und rennt zum Fenster.

Ein Sanitäter und ein Polizist holen Elle aus einem Rettungswagen und führen sie zum Eingang. Sie kann laufen, aber sie klammert sich an die Handgelenke der beiden Männer, die sie festhalten und stützen. Sie hat weder Schuhe noch Socken an und setzt ihre blassen Füße nur zögernd auf den Asphalt. An ihrer Stirn ist ein Verband, durch den Blut sickert. Irgendwer hat ihr die Haare zurückgebunden. Das hat sie auf keinen Fall selbst gemacht, Elle bindet sich nie die Haare zurück.

Die Türklingel läutet, zweimal.

Eine Stunde lang sehe ich sie nicht, obwohl sie im Gebäude ist. Das Sichtfenster von Therapieraum 1 ist verdeckt. Nicht mal Stimmengemurmel dringt nach draußen so wie sonst immer, anscheinend flüstern sie da drin.

Als die Tür endlich aufgeht, schaffe ich es, kurz mit Elle zu reden. Jemand hat den Verband abgemacht. Die Wunde an ihrer Stirn ist mit drei Stichen genäht.

»Wo warst du?« Ich ziehe sie in meine Arme. Sie riecht nach Erde und Benzin.

»Er hat mich gefunden«, flüstert sie. »Ich war so weit weg von allem, aber er hat mich gefunden, genau als der Zug kam.«

»Was? Elle!« Ich bin nicht sicher, was sie da sagt, aber mir kommen die Tränen. »Wer hat dich gefunden?«

»Weiß nicht. Keine Ahnung. Ein Arbeiter oder so. Er hat mich so fest weggestoßen, dass ich mit dem Kopf in den Brennnesseln gelandet bin. Es tut mir leid.«

»Ich bin so froh, dass du okay bist.«

Die Stiche auf ihrer Stirn bewegen sich, als sie sich ein Lächeln abringt.

»Komm mit, Elle.« Will tritt aus dem Therapieraum 1. »Wir müssen deinen Kopf neu verbinden.«

Widerstandslos folgt sie ihm ins Behandlungszimmer.

Den restlichen Abend über will keiner reden; nicht mal der Fernseher läuft zur Ablenkung von der unbehaglichen Stille. Stundenlang bleibt es vollkommen ruhig auf der Station – aber nachts hat es damit ein Ende.

Erst ist da ein wiederholtes Rumpeln im Zimmer nebenan, dann ein Stöhnen und ich höre, wie etwas über den Boden geschleift wird, kurz darauf Ächzen und Brüllen, das immer lauter wird – erst vom Korridor her, dann vom Aufenthaltsraum.

Eine halbe Stunde lang gellen Elles Schreie durch die Station. Sie haut gegen die Wände, rennt kreuz und quer und entwischt immer wieder den Schwestern, die wahrscheinlich mit einer Spritze hinter ihr herrennen. Die ganze Zeit schreit sie wie am Spieß. Ich schaue nicht durch das Fenster in meiner Tür, aber ich höre ziemlich genau, was draußen abgeht: Stühle fliegen über den Korridor und krachen gegen die Wände, Zeitschriften werden herumgeschleudert und in Fetzen gerissen.

»Haut ab, weg mit euch!«, stöhnt sie, als hätten die Schwestern sie mit Äxten und Schwertern umzingelt.

Ich drücke mir das Kissen fest auf den Kopf, damit ich ihr kehliges Gebrüll nicht mit anhören muss, und hoffe, dass nicht irgendwer reinkommt und meint, ich wollte mich selbst ersticken.

»Schluss! Schluss! Schluss!«

Das Licht im Korridor wird nicht wie sonst um halb zwölf ausgemacht. Die Stille, die nachts herrschen sollte, bedeutet Elle nichts. Sie ist viel zu wach und viel zu sehr in Panik.

Anscheinend schafft sie es ziemlich lange, den Schwestern immer wieder zu entkommen. In ihrem irrsinnigen Taumel rast sie überall in der Station herum, aber irgendwann schnappen sie sie doch. Gegen zwei Uhr morgens drifte ich weg; auf der Station ist es jetzt still, abgesehen vom leisen Piepen des Rauchmelders an der Decke. Durch die Wände dringen die gedämpften Stimmen der Schwestern ins Zimmer, aber was sie sagen, verstehe ich nicht. Klappernde Schlüssel sperren die Türen der Waschräume zu, weil in ein paar Stunden Zeit fürs Wiegen ist. Die Patienten sollen sich nicht mit Wasser abfüllen, bevor sie um sechs Uhr morgens widerwillig auf die Waage steigen. Die restliche Nacht ist ruhig. Als das Licht im Korridor endlich ausgeht, lasse ich das Kissen über meinem Kopf los und erlaube mir richtig einzuschlafen.

Früh am Morgen – ich bin eben erst aufgewacht – wird Elle in einem Krankenwagen von zwei Pflegern und einem Polizisten in eine psychiatrische Intensivstation gebracht, die ewig weit entfernt liegt. Ich ziehe meine Vorhänge so ruckartig zurück, dass sie auf dem Boden landen, und sehe die kleine Gruppe gerade noch in den Wagen steigen. Ich renne zu Emma, aber die sagt, ich kann nicht zu Elle; sie ist jetzt keine Patientin von Lime Grove mehr. Sie braucht eine andere Umgebung. Gegen meinen Willen fange ich an zu weinen und kauere mich auf dem Boden zusammen. Die zu kurzen Beine meines Schlafanzugs rutschen mir bis an die Knie.

Bei der Vorstellung, dass Elle jetzt angebunden im Krankenwagen sitzt, möchte ich mich übergeben. Wahrscheinlich hat sie Fesseln um ihre sommersprossigen Handgelenke, die ganz bestimmt scheuern und wehtun. Ich denke an die Naht auf ihrer Stirn mit den drei kleinen Stichen und daran, wie sie gestern am Empfang gesessen hat, so klein und verloren und umringt von Polizisten, die ihr die Sicht versperrt haben.

Wenn du nicht um dich selbst weinst, ist weinen ganz anders. Der Schmerz kommt aus einer anderen Quelle – aus der Herzgegend, aus deinem Brustkorb – und die Verzweiflung strömt und strömt endlos. Selbstsüchtige Tränen wachsen in der Magengrube. Ich würde mir gern einreden, dass mit Elle alles wieder gut wird, schaffe es aber nicht, mir das vorzustellen.

Ich habe die Leere in ihren Augen gesehen, diesen ausdruckslosen Blick, als wäre sie ganz weit weg. So hat sie gestern den ganzen Abend lang geguckt. Ich glaube, sie wollte es so. Keine Ahnung, ob sie überhaupt irgendwas gedacht hat, während der Krankenwagen in der Rushhour die Autobahn entlanggekrochen ist, um sie in eine Klinik hinter Birmingham zu verfrachten. Ich kann mir kaum vorstellen, dass in ihrem Kopf viel vor sich gegangen ist. Diesem Kopf, der sie besiegt hat.

Ich habe ihr nicht geholfen. Genauso wenig geholfen, wie ich Iris geholfen habe. Vielleicht ist »können« das bessere Wort: Ich konnte ihr nicht helfen.

Will gibt mir ein Marshmallow aus einer Tüte, die von der Nachtschicht stammt, wohl weil er keine Taschentücher findet, aber trotzdem etwas für mich tun möchte. Aber das Marshmallow zergeht nicht in meinem Mund, meine Zunge und mein Gaumen sind zu trocken. Also kaue ich darauf herum, als ob das Ding aus Gummi wäre. Elle ist so wunderbar, keiner sonst sprüht so vor Leben wie sie. Ich bin in tiefer Trauer, obwohl sie gar nicht tot ist.

»Sie fängt sich schon wieder. Das ist wirklich eine gute Klinik, in die sie kommt. Die helfen ihr.«

Wird sich Elle überhaupt an mich erinnern? Werde ich ihr noch was bedeuten? Gestern war sie so verschlossen, dass ich mich gefragt habe, ob sie mich überhaupt erkennt.

»Natürlich erinnert sie sich an dich, Tamar. Habt ihr zusammen hier gelebt oder nicht? Und jetzt komm, zieh dir was an, gleich ist Zeit fürs Frühstück.«

Leben. Die Leute schlingern irgendwie durch, scheffeln Geld und reißen sich am Riemen, ein einziges verschwommenes Vorbeiziehen. Wie ein Fischschwarm, der mit den Gezeiten dem sicheren Tod entgegenschwimmt.

Elle war anders. Sie wollte nie mitmachen bei diesem müden, stumpfsinnigen Haufen; sie wollte Begeisterung und Lachen, wollte um Mitternacht tanzen in schimmernden Gärten. Sie war hungrig aufs Leben und hat noch die kleinsten Dinge ausgekostet, auf die andere Leute nie kämen. Sie wollte Krach schlagen und menschliches Verhalten ändern. Zumindest in meiner Vorstellung war sie so.

Am Anfang warte ich auf einen Brief, eine Textnachricht, irgendein Zeichen, damit ich weiß, sie ist okay, aber es kommt nichts. Wochen später wird ihr Facebook-Account deaktiviert. Ich hoffe, das bedeutet, dass sie am Leben ist. Ich will, dass sie am Leben ist. Aber ich weiß es nicht.

Seit Dr. Flores mich kennt, hat er mehr Falten gekriegt. Als ich auf dem Drehstuhl vor seinem Schreibtisch sitze, fällt mir jedenfalls auf, dass ihm das künstlich Glattpolierte fehlt, das er bei unserem ersten Treffen ausgestrahlt hat. Es gibt jetzt kein Bücherregal mehr in seinem Büro, auch das geht wahrscheinlich auf mein Konto. Die Bibel, die den Sprung im Bildschirm verursacht hat, liegt unter seinem Arm auf dem Tisch – nur für den Fall, dass ich noch mal auf die Idee komme, sie zu missbrauchen. Er trägt heute nicht die Krawatte mit dem Periodensystem, sondern gar keine. Vielleicht weiß er, wie sehr mich die Dinger genervt haben. Bestimmt will er sich nicht noch mal mit mir anlegen.

Jetzt erst kapiere ich, dass er gläubig ist, was ihm übrigens nicht besonders gut steht. Vorher habe ich ihn immer für einen Fan des »evidenzbasierten logischen Denkens« gehalten. Komisch.

Er wartet, dass ich anfange zu reden. Ich lese die Karten an seiner Pinnwand, die ihm frühere Patienten geschickt haben. Anscheinend hat er Jodie das Leben gerettet und Megan kann ihm gar nicht genug danken. Auf so was kann man wirklich stolz sein. Ich mache den Mund auf, sage aber nichts. Ich möchte über Elle und Iris reden, über ihre roten Haare und ihr Leben, und dass ich keine von beiden retten konnte. Aber Dr. Flores sagt, es wäre nicht meine Aufgabe, irgendwen zu retten. Ich frage ihn, ob das denn seine Aufgabe ist, und wenn ja, warum er Elle dann nicht retten konnte? Er behauptet, das wäre nicht seine Aufgabe.

Ich antworte, dass Jodie da anderer Meinung ist. Er nuschelt irgendwas von wegen Vertraulichkeit und klappt die Karte zu.

»Hast du Lust auf einen Entlassungstermin?« Das kommt aus heiterem Himmel und klingt ganz beiläufig, als ob er Kindern Süßigkeiten anbietet. Meine Lippen verziehen sich anscheinend irgendwie abwehrend, denn bevor ich antworten kann, fragt er: »Was ist los? Du weißt schon, dass das was Gutes ist, oder?«

»Wirklich?« Ich denke laut, wahrscheinlich ist echtes Reden immer so. »Ja, das ist es wohl.«

Als Alice ihren Entlassungstermin bekommen hat, war sie total stolz. Sie ist durch die Station gehüpft und hat im Bubble-Style das Datum an die Whiteboards in sämtlichen Gemeinschaftsräumen geschrieben. Niemand sollte es vergessen. Wahrscheinlich dachte Dr. Flores, ich würde auch durchdrehen vor Begeisterung.

»Du hast schon eine ganze Weile nicht mehr versucht dich umzubringen«, sagt er. Ich muss mich anstrengen, diesen Satz nicht als Vorwurf aufzufassen.

Je schlimmer es wird, desto niedriger werden die Schwellen für das, was Leuten okay vorkommt. Als ich angefangen habe mich ein bisschen zu ritzen, nur ab und zu mal mit der Schere, waren alle total geschockt. *SCHNELL, weg mit der Schere, das ist ja entsetzlich, das muss aufhören, sofort, das muss unbedingt aufhören.* Als das Selbstverletzen dann schlimmer wurde, hat ein Arzt vorgeschlagen, ich soll doch besser wieder eine Schere nehmen, dann fiele wenigstens das Risiko weg, dass ich Sehnen beschädige und mein Arm womöglich gelähmt wird. So könnte ich unmöglich weitermachen – mich andauernd derart schwer zu verletzen.

Jetzt ist die Schwelle noch mal gesunken. *Wenn's dir ums Selbstverletzen geht, bitte sehr, nur zu, hack dir den Arm ab, halb so schlimm. Du bist nicht tot, also geht's dir anscheinend prächtig. Lass dir auf den Rücken klopfen. Und wie wär's mit einem Entlassungsdatum?*

»Was, glaubst du, ist mit Iris passiert?«, fragt Dr. Flores auf einmal.

»Ich hab sie umgebracht.« Es auszusprechen ist eine Erleichterung.

Ich dachte, Dr. Flores würden vor Entsetzen die Augen aus dem Kopf fallen. Aber er bleibt ganz ruhig, legt nur seinen Kugelschreiber neben sich auf den Tisch und dreht in geradezu seliger Gleichgültigkeit seinen Bürostuhl um neunzig Grad. Das verwirrt mich. Ich habe den Eindruck, er wartet, dass ich weiterrede, aber mehr habe ich nicht zu sagen. In mir zerplatzt ein Ballon.

»Du hast sie umgebracht? Kannst du mir schildern, wie das abgelaufen ist?« Er macht sich keine Notizen mehr, sondern beobachtet mich nur durch seine zerkratzten Brillengläser.

»Es war – ich – es war ein Unfall. Wir waren betrunken, sie mehr als ich …«

Der Digitalwecker piept, es ist zehn Uhr.

»Tamar«, sagt Dr. Flores. »Iris hat Selbstmord begangen. Sie hat sich umgebracht – das steht im rechtsmedizinischen Gutachten. Das weißt du doch sicher?«

# VORHER

Iris war schüchtern, als wir uns kennenlernten. Ihre Familie war so oft umgezogen, dass alle dachten, sie wären vor irgendwas auf der Flucht. In einem Jahr war sie auf drei verschiedenen Schulen gewesen. Am Anfang redete sie nicht viel, sondern saß hinten im Klassenzimmer und vertrieb sich alleine die Zeit. Meistens malte sie mit roter Tinte komplizierte Muster in ihre Schulbücher. Ihre Haare hatte sie zu zwei französischen Zöpfen geflochten, die sie zu Schnecken über den Ohren feststeckte.

Iris war gut in Kunst, das sah man gleich an ihrem Gesichtsausdruck, wenn sie zeichnete. Mia und ich beobachteten sie im Kunstunterricht immer vom anderen Tischende her und kratzten uns dabei den PVA-Kleber von den Fingern. Mia war genervt, dass die Kunstlehrer sich ihrer Meinung nach aufführten, als ob Iris der nächste Picasso wäre. Das mit dem Bild war jedenfalls volle Absicht. Das weiß ich, weil sie es mir vorher gesagt hat.

Spritzende Farbe. Mia keuchte auf und starrte Iris erschrocken an. »Oh mein Gott!«, rief sie, nahm das nächstbeste Tuch und rieb so auf dem Blatt herum, dass alles nur noch mehr verschmierte. »Tut mir so leid …«

Iris zitterten die Hände, auch sie waren voll schwarzer

Farbe. »Nicht so schlimm«, flüsterte sie. »Mach dir keine Sorgen.«

»Du kannst es retten«, sagte ich, als Mia weg war. »Denk an Tracey Emin und ihr ungemachtes Bett.«

Iris lächelte, diesmal wirklich. »Vielleicht hast du recht. Danke.«

»In zwanzig Jahren werden die Leute sagen, dein Bild repräsentiert den Verfall der Menschlichkeit oder so. Du musst nur die Striche an der Haarlinie ausbessern.«

Still tat Iris, was ich sagte, und danach folgte sie mir überallhin. Sie fing an zu rauchen, damit sie mit uns vorm Schultor stehen konnte. Sie trug die Haare anders und redete jetzt auch mehr. Sie hatte wirklich was zu sagen – aber am Ende hat ihr das auch nicht das Leben gerettet.

An einem Morgen, der so kalt war, dass man auch ohne Zigarette Rauch ausatmen konnte, und an dem sonst keiner bei uns stand, hielt Mia ihr Feuerzeug an die roten Haare von Iris.

Das Gesicht von Iris sagte alles, noch bevor die Flammen aufloderten und ihre qualmenden Haare sich bauschten wie rostbraunes Gefieder. Irgendwer – ich war es nicht – hüllte ihren Kopf in einen Uniformblazer, das Schulwappen leuchtete golden und grau durch die Flammen.

Als der Rettungswagen kam, brannte Iris nicht mehr. Sie hockte neben dem Schultor und klapperte mit den Zähnen, lauter als ein keckerndes Eichhörnchen. An manchen Stellen schimmerte ihr Kopf tiefrot und über ihre Stirn zog sich abgelöste Haut in glänzenden Bahnen. Die Sanitäter gaben ihr Ratschläge, wie sie die Wunden reinigen und verbinden sollte, dann zogen sie wieder ab, weil die Verbrennungen nicht wirklich schlimm waren. Iris verschwand Richtung Schule, ohne auch nur einen Blick in meine Richtung zu werfen, und ich ging ihr nicht hinterher. Zumindest nicht gleich.

»Das war nicht besonders witzig«, sagte ich irgendwann leise und nuschelig in Mias Richtung.

»Was?«, fragte Mia gereizt.

Die Lehrer schleppten uns ins Schulbüro. Sie wussten, dass wir jeden Tag draußen standen und rauchten, obwohl es verboten war. Jetzt wünschten sie sich, sie hätten nicht die ganze Zeit weggeschaut.

»Wie ist das passiert?«

»Es war ein Unfall«, sagte Mia. »Tamar hat das nicht … Sie wollte bloß ihre Zigarette anzünden und hat nicht aufgepasst. Sie wissen ja, wie lang die Haare von Iris sind.«

Einserschüler werden nicht wirklich bestraft, das wusste sie.

Danach fand Iris jede Menge Gründe, möglichst selten in die Schule zu kommen. Sie musste zum Zahnarzt, zu irgendeinem Extra-Unterricht oder besuchte eine Lama-Farm … Mia ließ sie meistens in Ruhe. Wir mussten eine Woche lang nachsitzen, dann bekam Mia eine supergute Note in einer Mathearbeit und die Lehrer vergaßen die ganze Geschichte.

Manchmal versuchte ich mit Iris darüber zu sprechen, aber dann schüttelte sie nur den Kopf und murmelte irgendwas vor sich hin, also gab ich es auf.

Sie schaffte es, mir das Gefühl zu geben, mit ihr wäre alles in Ordnung.

Iris hinterließ einen Abschiedsbrief in ihrer Schublade, zwischen irgendwelchen Notizzetteln – Erinnerungen, das Aquarium sauber zu machen und Schokoladensoße für Pancakes zu kaufen und solche Sachen. Der Brief war kurz. Keine Ahnung, was normalerweise in Abschiedsbriefen von Selbstmördern steht, vielleicht gibt es da eine Art Standard, in ihrem stand jedenfalls nicht viel.

Iris schrieb, es täte ihr leid, und listete die Leute auf, die ihren Tod schwer verkraften würden und danach vielleicht lange nicht wieder auf die Füße kämen. Sie nannte ihre Eltern und ihren Cousin, den von der Beerdigung. Ich stand nicht auf der Liste. Ihr Tod hätte mich nicht fertigmachen sollen. In dem Brief schrieb sie ausdrücklich: »Ich bin durch Selbstmord gestorben«, in knallschwarzen Buchstaben auf leuchtend weißem Untergrund. Sonst stand nichts drin, anscheinend hatte sie nur sichergehen wollen, dass jeder wusste, warum sie in das Wehr gesprungen war, in ihren schwersten Stiefeln, in die sie außerdem Steine gefüllt hatte. Nichts sollte unklar sein. Sie hatte es sich genau überlegt. Es war kein Unfall.

Auf ihrem Handy fand die Polizei als Erstes die Nachricht von mir: *Alles okay mit dir? xxx*

Abgeschickt war sie um 23.14 Uhr, drei Stunden nachdem Iris und ich am Flussufer beim Wehr gesessen hatten. Da war sie seit drei Stunden tot. Sie hatte ihr Telefon auf den Steinen liegen lassen, im Gras ganz in der Nähe der Wehrkante.

An dem Tag hatte sie herumgewitzelt, das Leben wäre so beschissen, da wäre es vielleicht besser, dem ganzen Mist ein Ende zu bereiten.

Ich habe gelacht und noch einen Schluck Cider genommen.

Ich habe über Iris gelacht, als sie – ein bisschen plump und angetrunken – über ihren Schmerz sprach, gegen den sie nicht mehr ankam.

Ich habe sie am Fluss sitzen lassen, während sie ihren eigenen Tod geplant hat.

Sie hat versucht mich zu erreichen und ich habe sie ignoriert. Nein, ich habe sie nicht ignoriert; ich habe *gelacht*. Und ihr gesagt, sie könnte ja ins Wehr springen, ein Witz. Und dass ich auch springen würde. Das war gelogen.

Mia hat recht: Ich war die Letzte, die Iris gesehen hat, und ich habe sie nicht gerettet.

Ich bin schuld, dass sie tot ist.

# JETZT

In der Psychiatrie kriecht die Zeit, ja, aber die letzten beiden Wochen in Lime Grove gehen viel zu schnell vorbei. Man könnte fast denken, dass es mir hier gefällt.

*Alle hassen dich hier, die hassen dich.*

Jedes Wochenende bin ich drei Nächte zu Hause, von Freitag bis Montag, und zwinge mich, jeden Morgen laufen zu gehen, obwohl mir vom Risperidon schwindlig ist. *Struktur ist das Wichtigste. Mach die Achtsamkeitsübungen, die Janice dir beigebracht hat. Nimm wahr. Beobachte. Berühre. Rieche. Schmecke. Ohne zu bewerten. Ohne zu bewerten.*

Der Tag, an dem ich wieder ein freier Mensch sein werde, rückt immer näher: Schluss mit abgesperrten Türen, Metallriegeln, klirrenden Gefängnisschlüsseln. Jasper lacht, wie entsetzt ich gucke, wenn die Rede davon ist.

Manchmal kommt jemand und sagt so was wie: »Gut gemacht, Tamar. Du machst wirklich Fortschritte, du wirst immer gesünder.«

Gesundwerden ist was Komisches und eigentlich kein Verdienst. In Wirklichkeit gibt es doch bei allen irgendwas, das verarbeitet werden muss und Heilung braucht: eine böse Erkältung, eine Trennung, Sex, Drugs & Rock'n'Roll. Da entscheidet auch keiner selbst, wie er das tut oder wann. Also zucke ich immer ein bisschen zusammen, wenn Emma oder Will mir auf die Schulter klopft und dabei das große Wort vom Gesundwerden ausspricht.

*Ich. Werde. Nicht. Gesund.*

Gesundwerden, dafür braucht es Engagement und Optimismus.

Und Fortschritte.

Das ist alles nicht mein Ding. Ich versuche es nur irgendwie, aber jedem ist klar, dass versuchen nicht reicht. Du musst auch gewinnen.

*Die wollen dich bloß loswerden, weil du Gift bist für die anderen. Die brauchen ein Bett für jemanden, der nicht durch und durch böse ist.* Solche Gedanken sind noch schlimmer, wenn du auf dem Weg zum Gesundwerden bist.

In diesen letzten beiden Wochen spiele ich ziemlich viel Trivial Pursuit – mehr als in der ganzen restlichen Zeit seit meiner Einweisung. Nach und nach lerne ich auch die Antworten auf die Fragen, genau wie der kleine Will, darum werden unsere Spiele immer schneller und manchmal gewinne ich sogar. Die Fernsehregeln werden geändert, vor fünf Uhr nachmittags dürfen wir gar nichts mehr gucken, wir müssen also an etwas anderes denken als an die Lügendetektor-Ergebnisse, wer wohl von wem schwanger ist.

An den Samstagen treffe ich Toby. Davor bin ich immer total nervös, was ich anziehen soll, wie ein absolut normaler Teenager, und das fühlt sich gut an. Diese Ist-mein-Kleid-zu-kurz-Panik macht mich superglücklich, denn genau über so was sollte ich mir Gedanken machen. Und nicht über die Frage, warum mich vielleicht irgendwer auf der Straße seltsam anglotzt. (Entweder habe ich meinen Rock in die Unterhose gestopft oder derjenige will mich stalken und vergewaltigen.)

*Zu Hause will dich keiner. In Lime Grove will dich auch keiner mehr. Niemand will dich, nirgends. Du bist ein schlechter Mensch, eine Katastrophe.*

Ich werfe Lorazepam ein wie Smarties, wenn die Gedanken zu schlimm werden, denn genau so steht es in meinem Rückfallplan. Dann warte ich auf dem Sofa unten im Wohnzimmer, bis das Zeug mich ausknockt. (Wenn schlimme Gedanken kommen, ist die Regel: Geh schnell irgendwohin, wo andere Leute sind, bevor du dir was antun kannst.) Das Pflegepersonal gratuliert mir: »Früher hättest du das nicht gemacht, Tamar. Du hättest dich geritzt, oder?«

*Du kriegst das immer besser hin, Tamar, das mit dem Leben.*

In diesen letzten Wochen nehme ich achtundzwanzig Mahlzeiten und zwanzig Snacks zu mir. Harper weigert sich, ihre achtundzwanzig Mahlzeiten und zwanzig Snacks zu essen, also zwingen sie ihr Bettruhe auf, behandeln ihre Druckwunden mit einer speziellen Matratze und ernähren sie über einen Schlauch in der Nase. Ich sehe sie jetzt noch seltener als vorher, mal abgesehen von den Zeiten, wenn sie ins Bad gefahren wird, im Rollstuhl und mit zusammengesunkenem Rücken, viermal täglich.

Am letzten Abend in Lime Grove fange ich hemmungslos zu weinen an. Jasper leiht mir sein Anti-Stress-Malbuch und seine Gelstifte.

»Danke«, sage ich schniefend. »Das mach ich nachher.«

Eine Aushilfsschwester, die noch nicht die Regeln kennt, lässt mich im Garten dann sogar eine Zigarette rauchen. Der heiße Rauch trocknet meine verweinten Wangen.

»Besser?«, fragt sie, als ich einen letzten Zug nehme und ihr die Kippe gebe, damit sie das Beweisstück vernichten kann.

»Ja«, sage ich, dabei stimmt das gar nicht.

*Die hassen dich. Alle hassen dich. Sogar du selbst hasst dich. Verpiss dich.*

»Ich brauch eine Zopiclon.«

Emma verschwindet im Stationszimmer und sieht zu, wie ich die Tablette schlucke, ohne irgendwelche Fragen zu stellen. Sogar sie versteht, dass Risperidon heute Abend nicht reicht.

Ich krieche ins Bett – das Bett, mein Bett – und warte, dass die Chemie in meinem Körper mir Gute Nacht sagt. Irgendwann schlafe ich ein. Schlaf ist berechenbar. Ich träume nichts.

Alles ist bittersüß. Ich bin mir nicht sicher, ob ich das durchstehe. Ich nehme meine Fotos von der Wand, die schon so lange da hängen, dass sie vor lauter Staub matt geworden sind: Brew mit einer Brille auf der Schnauze. Toby und Elle. Brew, der auf einem Schweineohr kaut. Pfleger Will überwacht mich beim Hantieren mit den Müllsäcken, in die ich einen Teil meiner Sachen stopfe. (Ausziehen = Stress = die Möglichkeit, mich mit einem Plastikbeutel zu ersticken.) Ich packe alles ein, was ich habe, ohne einen zweiten Blick daraufzuwerfen.

»Willst du das da wirklich mitnehmen?«, fragt er.

»Was?«

Er zeigt auf ein Bündel Papiere, das ich achtlos in einen Sack gestopft habe.

»Ja, will ich.« Ich umklammere die Aufzeichnungen aus meiner Patientenakte, die ich mir habe geben lassen, und drücke sie an meinen Bauch, um die Blätter wieder glatt zu streichen.

*Tamar wirkt auf Station insgesamt aufgeweckt. Sie zeigt weiter Symptome einer ausgeprägten Emotionsregulationsstörung, außerdem eine gedankliche Einengung auf SVV.*

Ich lege die Papiere auf mein Bett. »Die packe ich später ein.«

Jasper taucht an der Tür auf. Er trägt das gleiche T-Shirt wie an meinem ersten Tag hier, nur wirkt es jetzt nicht mehr so schlabberig. Jedenfalls hängt es nicht lose über einem Brustkorb, der bloß ein Haufen Knochen ist.

»Brauchst du Hilfe?«, fragt er. Ich nicke.

Will sagt nichts, als Jasper in mein Zimmer kommt und sich neben einen Berg Klamotten kniet.

*Tamar hat sich bei einer Gelegenheit eigenmächtig aus der Klinik entfernt. Das Risiko eines weiteren Versuchs wird als eher gering eingeschätzt.*

»Du hast echt eine Menge Zeug.« Jasper greift nach einer Leggings, von der ich gar nicht wusste, dass ich sie habe, legt sie zusammen und verstaut sie in meinem Koffer.

»Ich hab selbst gestaunt.«

Er lacht.

»Du hast dich hier häuslich eingerichtet.« Er grinst mich an und zwinkert.

»Sieht ganz so aus.«

»Das ist eine Klinik und nicht dein Zuhause.« Das Näseln ist unverkennbar – er imitiert Emma und fuchtelt dazu wie sie mit dem Zeigefinger.

*Die wahnhaft anmutende Idee, sie habe vor zwei Jahren eine Freundin getötet, besteht fort, aber sonst sind keine psychotischen Symptome festzustellen. Die Freundin beging Suizid. Zur Bewältigung dieser irrationalen Überzeugung wird Tamar außerhalb der Klinik weitere therapeutische Unterstützung benötigen.*

»Du wohnst hier nicht«, schließt Jasper ab.

Er hat recht, das ist nicht mein Zuhause. In meinem Zuhause gibt es keine Sichtfenster in den Türen und keine Vorhänge mit Magnetbefestigung, die sofort runterkommen, wenn man zu fest zieht. Auch keine Toiletten ohne Sitz und keine zerfledderten Teppiche mit Flecken, die von wer weiß was stammen. Nebenan schlafen weder Leute, denen es grauenhaft schlecht geht, noch Leute, die absolut großartig sind, und keiner atmet beim Schlafen im Rhythmus des piepsenden Rauchmelders an der Decke. Das alles gibt es nicht bei mir zu Hause.

*Ihre Symptome entsprechen denen einer Persönlichkeitsstörung (Borderline).*

Persönlichkeitsstörung?

»Nicht weinen«, sagt Jasper und Will zaubert aus dem Nichts ein Taschentuch herbei. Das können sie gut, die

Pflegekräfte, Taschentücher auftreiben. »Und hoffentlich sind das Freudentränen. Du bist frei, du kannst tun, was du willst!« Jasper nimmt meine Hand und drückt sie.

Das stimmt. Ich kann absolut alles tun, was ich will, die Welt steht mir offen. Ich kann Kuchen backen oder ein Buch lesen oder einmal quer durchs Land laufen, von Land's End bis John O'Groats und wieder zurück, wenn mir das Spaß macht. Ich kann Toby fragen, ob er Lust hat. Wir sollten das wirklich tun. Warum nicht?

Ich wusste, dass ich ein schlechter Mensch bin. Und damit lag ich richtig: Ich habe eine Persönlichkeitsstörung.

Ich putze mir die Nase so energisch, dass mein Nasenring rausrutscht und meinen Tränen hinterherfällt.

»Ja, Freudentränen.« Zumindest glaube ich das.

»Was soll ich mit diesem großartigen Kunstwerk machen?« Jasper hält einen Pappmaschee-Elefanten hoch, den ich vor einem Monat in der Kunstgruppe gemacht habe.

»Den kannst du behalten.«

»Sehr passend«, sagt Jasper und betastet die Stoßzähne. »Ich bin ein Elefant.«

»Du bist kein Elefant. Wenn du das sagst, kannst du ihn nicht behalten.« Ich versuche ihm das Ding wegzunehmen.

»Nein, nein, ich will ihn! Das war bloß ein Witz.«

Aber hinter jedem Witz steckt eine Wahrheit. Ich finde es furchtbar, wie er seinen Körper verabscheut. Und mit jeder Woche, die vergeht, und jedem Kilo Fettgewebe, das er zulegt, wird es schlimmer. Jedem Kilo Leben müsste man eigentlich sagen. »Ich nenne ihn Ellie.«

»Echt originell, eine super Idee!« Ich bringe das vor lauter Weinen kaum heraus.

»Finde ich auch.«

»Vergiss nicht deine Sachen im Stationszimmer«, sagt Will. »Ich hol sie dir schnell.«

Er lässt mich mit zwei Plastiktüten auf dem Boden sitzen, mit denen ich mich umbringen könnte. Ich höre, wie er seine Karte durchzieht und die Tür aufgeht, dann klappt mein Schließfach auf.

»Bleibst du noch zum Mittagessen?«, fragt Jasper.

»Ich glaub nicht. Meine Eltern wollen gegen elf hier sein.«

»Aber heute gibt es Gemüselasagne!«, ruft er empört. »Die kannst du doch unmöglich verpassen.«

Ich grinse. »Ach, ich Ärmste.« Den aufgetauten Schweinefraß, der hier als Essen durchgeht, werde ich garantiert nicht vermissen. Meistens ist das Ganze noch kalt, und die Gemüselasagne ist am schlimmsten. Letztes Mal bin ich zwischen den zähen Pastalagen und der glibberigen Paprika allen Ernstes auf eine Erbse mit Eiskristallen gestoßen.

»Okay«, sagt Will aufgeräumt, während er die Tür mit einem Fußtritt aufstößt und eine Plastikbox auf mein Bett sinken lässt. »Hier hätten wir ein paar unfassbar gefährliche Dinge. Also, dramatische Musik ...« Er öffnet die Box und zieht mit großer Geste eine Pinzette und ein auswaschbares Haarfärbemittel heraus. »Geh klug damit um.«

Seit ich nach Lime Grove gekommen bin, habe ich mir die Haare nicht mehr gefärbt. Inzwischen ist das Aschblond zurück, das ich früher unbedingt loswerden wollte und mit

Bubble-Gum-Rosa und Pastellblau überdeckt habe. Ich bin nicht mehr das Mädchen am Fluss.

»Oh, und das da!« Pfleger Will hält einen Rasierer hoch in die Luft. Die Deckenbeleuchtung lässt seine scharfen Kanten glänzen. »Ich glaube, den gebe ich lieber deinen Eltern …«

Ich ziehe die Schreibtischschublade auf. Glitzernde Teile einer DVD, die ich mal zerbrochen habe, um mich zu schneiden, liegen auf unausgefüllten Arbeitsblättern, die mir meine Schule vor Monaten geschickt hat.

»Hat jemand Lust auf ein bisschen Quellenanalyse?« Ich halte ein Blatt hoch.

»Zum Ersten, zum Zweiten, zum Dritten.« Jasper klopft mit den Fingerknöcheln gegen meinen Bettrahmen, während ich die Papiere in eine Tüte stopfe.

Ohne den ganzen Kram auf dem Boden und die Poster über dem Bett sieht der Raum anders aus. Irgendwie mehr nach Krankenhaus, nicht mehr wie mein Zimmer. Einfach nur Zimmer Nummer 4 im nüchternen Schlaftrakt einer psychiatrischen Klinik, ohne Persönlichkeit und Wärme. Bereit für die nächste Person, die mit eingezogenem Kopf hier reinschleicht und sich nach einer Weile einrichtet, so gut sie kann. Wenn sie Glück hat, wird dieses Zimmer irgendwann ihres, so wie es bei mir war. Wobei mir das eigentlich egal sein kann.

Als ich in den Korridor gehe, um mein Namensschild abzumachen, muss ich schon wieder losheulen. Elle hat das Schild für mich gemalt, in ihrer ersten Woche hier: ein Geschnörkel in Gold und Türkis, dazu verschmierte schwarze Tinte. Ohne das Schild ist es nur noch eine x-beliebige Tür.

Im Aufenthaltsraum hängen fünf DIN-A4-Blätter an der Wand, ungeschickt mit Tesafilm zusammengeklebt. Darauf steht in schludriger Kleinschrift: *tschüss tamar.* Die Farbe ist noch feucht.

»Das hat der kleine Will gemacht«, sagt Jasper. »In der Kunstgruppe.«

Auf einmal überrollt mich eine unerwartete Welle der Zuneigung. Will ist nicht rausgekommen, um sich zu verabschieden, aber das Surren, mit dem seine Gedanken vom MI5 abgefangen und gelesen werden, war heute so ohrenbetäubend, dass er seine Faust in den Kleiderschrank gerammt und sich zwei Finger und den Daumen gebrochen hat.

Um Punkt elf sind meine Eltern da. Pfleger Will schließt die Tür nach unten auf. Ich gehe hinter ihm her, schleife die Mülltüten die Treppenstufen hinunter.

»Also dann tschüss«, sage ich heiser, als Jasper mich packt und in eine Umarmung zieht, die so fest ist, dass sie mir das Blut abdrückt. Jasper kann Umarmungen nicht ausstehen, das weiß ich. Für ihn heißt umarmen, dass ich seine schwabbelnden Fettbeulen unter der Haut spüren kann. Darum zählt diese Umarmung doppelt. »Und iss immer schön den Teller leer.«

»Ehrensache, ich verputze alles.« Er grinst und lässt mich los.

»Auch dein Frühstück.«

»Natürlich«, sagt er großspurig. »Frühstück ist meine Lieblingsmahlzeit!«

Der Empfangsbereich liegt vor mir. Ich will jedes Detail in Erinnerung behalten – die Fotos aller Mitarbeiter, die krumm und schief links an der Wand hängen, den rumpelnden Wasserspender mit den labberigen Dreiecksbechern, die zerschlissenen Kissen, die kreuz und quer auf ramponierten Plastikstühlen liegen. Dazu ein glatter, gemusterter Boden, den jemand entworfen haben muss, der Teenager hasst: widerliche Blumen mit freudestrahlenden Gesichtern in verschiedenen Grautönen. Ich will, dass mir alles vertraut bleibt, bis hin zu diesem gnadenlosen Bleichmittelgeruch, der nachlässt, sobald man weiter ins Gebäude vordringt. Die Frau am Empfang fuhrwerkt mit ihrem Headset herum, dann pult sie sich mit einem glitzernden künstlichen Fingernagel zwischen den Zähnen herum.

»Okay, Tay, los geht's.« Dad marschiert durch den Empfangsraum, meinen Koffer zieht er hinter sich her. »Bringt ja nichts, hier rumzustehen, bis wir festwachsen.« Als er mir zuzwinkert, blitzt an seinem Ohr ein Stück Metall auf. Er hat einen Ohrring durch das jahrzehntealte Loch in seinem Ohrläppchen gezwängt.

Genau genommen gibt es eben doch gute Gründe, hier noch länger herumzustehen. Sobald ich den harten, staubigen Aprilboden da draußen betrete, werde ich frei sein. Ich kann nach Hause, ich kann unter der Dusche tanzen und singen, weil keiner mich sieht, ich kann vorm Fernseher alleine eine Großpackung Ben & Jerry's verschlingen, ohne dass irgendwer *Binge-Eating-Symptome* in meine Patientenakte kritzelt, und kann dabei jede Sendung gucken, die ich will, egal wie »unangemessen« sie sein mag. Ich könnte mir sogar *Das perfekte Dinner* reinziehen. Das Bäume-Anbeten in dem schäbigen Therapieraum mit Janice und ihren blöden Ringen hat ein Ende, und dieses flüssige Beruhigungsmittel, das im Hals kratzt und das ich nicht will, muss ich auch nicht mehr schlucken.

Dr. Flores kommt nicht extra zum Verabschieden nach unten, aber das macht nichts. Das muss er nicht. Will schließt ein letztes Mal die Tür zur Außenwelt auf und macht überraschend lahm High Five. Dann verlasse ich meinen Käfig wie ein Tiger den Zoo.

# VORHER

Die beiden Mädchen tranken seit drei Uhr, einen großen Schluck aus der Dose bei jeder Welle, die ans Flussufer krachte. Dazu Golden-Virginia-Tabak, der aussah wie verschrumpelte Würmer und beim Drehen aus dem Papier krümelte. Sie versuchten Rauchringe in die schwüle Luft zu blasen.

Schafften es aber nicht.

Kicherten.

Alles drehte sich. Vielleicht vom Alkohol, vielleicht von der Hitze.

Es war schon spät, der Himmel blassrosa wie das glatte Innere einer Muschel. Die Cider-Dosen schimmerten im Gras und die Bäume ließen, von wochenlangem Regen niedergedrückt, ihre Äste hängen. Henna-Tattoos auf den nackten Armen der Mädchen, eine schon verblassende Erinnerung an windig-wilde Festivals.

Das blonde Mädchen nahm noch einen Schluck aus der Dose.

Das andere Mädchen knüpfte eine Gänseblümchenkette, so lang wie ihre Beine. Sie warf sie in den Fluss, wo sie davontrieb wie winzige Lilien. Eine Krähe beäugte gierig einen angesengten Speckstreifen auf einer Grillschale, die irgendwer hier liegen gelassen hatte. Sie krächzte und ihre schwarzen Augen glänzten. Die Mädchen redeten.

Die erste deutete auf den wirbelnden Fluss, das Wasser braun und schwarz und schäumend. Die beiden lachten. Das zweite Mädchen nickte.

Die Finger der Mädchen umschlossen einander zu einem betrunkenen Griff und beim Aufstehen schwankten sie. Ihre Schuhe zogen sie sich gar nicht erst an. Vor ihnen toste das Wehr.

»Wir sind solche Idioten«, sagte das blonde Mädchen.

»Totale Idioten.«

Sie stolperten über rutschige Moosbüschel, die Unterschenkel rot vor Kälte. Die Zweige eines toten Baums standen hervor wie Knochen und das verblichene Lila in den Haarsträhnen der Blonden wirkte wie ein Echo des Sonnenuntergangs.

»Spring, Iris«, sagte die Blonde. »Ich komm dann auch.«

»Das ist so kalt, so verdammt kalt ...«

»Mein Dad holt mich gleich ab.«

»Dann mach du zuerst.«

»Jetzt spring schon ...«

Motorengeräusch durchbrach die Stille, ein Auto rumpelte auf einem Parkplatz außer Sichtweite über den Kies.

»Mein Dad ist da. Ich muss los. Wir sehen uns in der Schule, okay?«

»Ja.« Das zweite Mädchen blickte das Wehr hinunter.

»Sollen wir dich mitnehmen?«

»Nein, mach dir keine Gedanken, Tamar. Ich fahr mit dem Bus.«

Das erste Mädchen zuckte mit den Achseln, drehte sich um und lief zum Parkplatz. Sie öffnete die Autotür und ließ sich in den Sitz fallen.

»Alles in Ordnung?«, fragte ihr Vater. »Du wirkst betrunken.«

»Mir geht's gut.« Sie drehte das Radio lauter und schaute aus dem Fenster, während ihr Vater wegfuhr. Weg vom Ertrinken, weg von Iris.

Iris zog ihre Stiefel wieder an und füllte den Schaft mit Steinen. Sie legte ihr Telefon neben den Fluss. Dann ging sie zurück zum Wehr und sprang in das tosende Wasserbecken. Ein paar Sekunden lang wirbelte es ihren Körper hin und her, als ob sie keine Knochen hätte. Als immer mehr schaumiges Wasser von oben herunterströmte, verschwand sie. Nur ihre Hand blieb noch eine Weile über dem Wasser, als ob sie etwas suchen würde. Jetzt war nur noch das Tosen des Flusses zu hören. Wolken waren aufgezogen, schwarze, tief hängende Wolken, aus denen bald Regen fallen würde.

# JETZT

»Bist du bereit?«

»Ich bin komplett aus der Übung.« Ich ziehe eine Grimasse.

»Stimmt doch nicht! Du bist die Aufwärmstrecke in zwölf Minuten gelaufen, hab ich gehört.« Toby klingt fast neidisch. Zwölf Minuten, erst quer über ein sumpfiges Feld, dann weiter auf einem Weg, der an einem dünnen Elektrozaun vorbeiführt und am Ende über eine Brücke geht. Zwei Todeschancen in zwölf Minuten.

Sich mit Strom zu den Sternen jagen.

Auf die sechs Meter tiefer liegende Straße krachen.

»Ich war nicht gerade die Schnellste«, sage ich. »Ziemlich viele Leute haben mich überholt.«

»Ja, aber die haben trainiert.«

Als ich sein ernstes Gesicht sehe, muss ich lachen. »Glaubst du im Ernst, dass ich nicht trainiert habe?«

»Ach, egal.« Er grinst.

»Der Beste gewinnt?«

»Der Schlechteste verliert.« Ich strecke die Hand aus, aber statt einzuschlagen, zieht er mich an sein glattes Lycra-Trikot und hält mich ein bisschen länger fest als sonst.

»Du fühlst dich grässlich an.« Ich mache einen Schritt von

ihm weg. Das verletzt ihn anscheinend nicht weiter, denn er schüttelt jetzt so energisch meine Hände, dass ich Angst um meine Ellbogengelenke kriege.

»Du auch«, sagt er zufrieden.

Ich ziehe meine wasserdichte Jacke aus. Sie knistert elektrisch, die feinen Haare auf meinen Armen sträuben sich. Genau in dem Moment ruft uns der Mann mit dem Megafon zur Startlinie, also werfe ich die Jacke auf einen Berg Klamotten neben einem Ordner in einem gelben Pullover. Jeder, der meine Arme sieht, kennt jetzt mein Geheimnis: Dünne weiße Narbenlinien bedecken dicht an dicht meinen linken Arm. Neben der tiefroten Narbe auf dem Unterarm sind rechts und links noch die Stiche der Naht zu erkennen. Das erinnert mich an die Bahngleise, auf die Elle sich werfen wollte.

*Schluss jetzt. Konzentrier dich aufs Laufen.*

*Gleich kommt der Startschuss.*

Der Mann. Die Pistole in seiner Hand. Er hebt sie hoch.

Wamm.

Ich muss rennen. Ich will rennen. Ein Pulk von Leuten sprintet los, aus den Megafonen dröhnen gelangweilt wirkende Frauenstimmen. Ich werde angerempelt und laufe los. Ich suche nach Toby in seinem engen Trikot. Aber alle sind ähnlich angezogen, in dem Wirrwarr von sehnigen Beinen und leuchtenden Spikes entdecke ich ihn nicht.

Will ich das hier?

Meine Schuhe sinken in den Schlamm, den die Läufer vor mir aufgewühlt haben, die Spikes graben sich in den Boden. Ich bewege mich in der Mitte vom Feld, die Abstände werden größer. Ich kann Arme und Beine bewegen, ohne jemanden anzurempeln.

*Ein durch die Nase, aus durch den Mund.*

Ich richte die Augen auf den feuchten Untergrund vor mir. Es tröpfelt. Von einem Imbisswagen zieht der Rauch brutzelnder Würstchen herüber. Das Wetter ist unbeständig, der Himmel kraftlos weiß, wie kurz vor einem Regenbogen. Vielleicht war sogar schon einer da, aber vor lauter Konzentration auf den Boden habe ich nichts wahrgenommen.

Ich muss laufen, sonst nichts. Muss die knopfäugigen Gedanken ignorieren, die gierige Krähe vom Fluss, die mich packen will, muss die Füße bewegen. Es ist ganz einfach. In der Theorie jedenfalls.

Ich gewinne nicht, sondern lande auf einem unspektakulären Platz irgendwo im Mittelfeld, wo die Leute einen vergessen. Das ist okay. Ich will vergessen werden. Während ich am Essensstand Ketchup auf den Hotdog tue, dessen Geruch mir schon seit einer halben Stunde in der Nase hängt, trudeln immer noch Nachzügler ein.

Toby kommt und umarmt mich. Die Kanten seiner glänzenden Medaille graben sich in meine Rippen. Seine schlammbespritzten Arme streifen meine, jeder kann sehen, wie blass sie sind und wie bucklig.

»Du hast es geschafft!«, sagt er begeistert. »Du warst super.«

»Du bist super gewesen. Ich war einfach Durchschnitt.«

»Nein, du warst gut.«

»Danke«, sage ich.

»Also, wie wär's mit Pommes?«

»Ich hab mir gerade das hier geholt.« Ich halte ihm den Hotdog unter die Nase.

»Nein, lass uns in der Stadt welche holen. Du weißt schon, wie in alten Zeiten.«

»In Ordnung«, sage ich. »Ich geb nur schnell meinen Eltern Bescheid. Wenn ich einfach verschwinde, melden die mich nach fünf Minuten als vermisst.«

»Echt?« Er zieht eine Grimasse.

»Du kennst meine Eltern nicht«, sage ich lachend.

Wir fahren mit Tobys Auto in die Stadt, einem zerbeulten alten Golf in Burgunderrot, den er nach der Führerscheinprüfung von seiner Tante bekommen hat.

»Schmeiß einfach alles auf den Boden.« Er zeigt auf die Feuerzeuge, die schmutzigen Laufsocken und den aufgerissenen Erste-Hilfe-Kasten auf dem Beifahrersitz.

Ehrlich gesagt frage ich mich, wie er die Prüfung geschafft hat. Erst würgt er bei jedem Kreisverkehr den Motor ab, dann holpert er im total falschen Gang eine Steigung hoch. Im Auto breitet sich ein widerlich verbrannter Gestank aus. Und als er aus Versehen in vollem Tempo über eine rote Ampel fährt, muss er so lachen, dass er sich die Stirn am Lenkrad stößt. Wenn ich nicht Angst um mein Leben hätte, würde ich mitlachen. Sieh einer an, ich habe also Angst um mein Leben. Anscheinend lebe ich in diesem Moment gern. Glückwunsch, Toby – du hast es geschafft, dass ich mich vor dem Tod fürchte.

»Fahr verdammt noch mal langsamer, Toby!«, schreie ich, als er mit Vollstoff um eine Ecke schlingert und dabei auch noch den ächzenden Schaltknüppel traktiert.

»Tu ich doch«, antwortet er. »Misch dich nicht in meinen Fahrstil ein.«

»Dann fahr halt nicht wie ein Verrückter.«

Er zieht ein Gesicht. Dann stoppt er auf einmal das Auto, lässt sich aufs Lenkrad sinken und schüttelt sich vor Lachen, und jetzt lache ich auch, weil seine Haare runterhängen und er bebt wie ein Blatt im Wind und voller Matsch ist.

Wir lachen beide, weil wir wissen, dass ich die Verrückte bin.

Dann reißt er sich zusammen und fährt weiter.

Ich mache das Radio an und lasse mich durch Eminems mächtige Beats von der Geschwindigkeit ablenken.

Überhaupt ist Ablenkung ein super Prinzip. Eines, das funktioniert.

Bis ich meine Sachen auspacke, dauert es ein paar Wochen. Irgendwie will ich nicht. Die Müllsäcke und der Koffer stehen in einer Zimmerecke und warten, dass ich endlich alles ausräume und die Poster wieder an die leeren Wände hänge. Es dauert auch seine Zeit, bis ich mich wieder zu Hause fühle. Die Gardinenstange, die ich aus der Wand gerissen und zerbrochen habe, ist weg, also muss ich Handtücher vors Fenster hängen, um mich vor der Morgensonne zu schützen, die im April schon früh hineinscheint. Auch Brew hält erst mal Abstand, aber irgendwann klettert er doch wieder zu mir ins Bett und schläft am Fußende. Sein massiger

Körper wärmt meine Füße genau wie früher, er schnarcht leise und regelmäßig und zeigt im Schlaf seinen linken Eckzahn. Nur das Namensschild von Elle habe ich gleich nach meiner Rückkehr an meine Tür gehängt. Auf die Art kann ich so tun, als ob ich noch in Lime Grove wäre, mit den vier niedrigen Wänden und den abgeschlossenen Türen.

Dabei vermisse ich das alles nicht wirklich. Die Psychiatrie ist kein Ort, den man vermisst. Aber ich frage mich, was dort los ist und wie lange es dauern wird, bis meine Klinikzeit zu einer verblassten Narbe wird, in mein Gedächtnis geritzt wie die weißen Linien auf meiner Haut.

In den ersten Wochen vergeht die Zeit noch langsamer, als ich es gewohnt bin. Ich wehre mich nicht gegen die Tagträume über Iris und fühle mich zu stumpfen Klingen hingezogen, ich weiß nicht, warum. Mir ist egal, ob sie mich wieder in Lime Grove einsperren und diesmal für immer den Schlüssel wegwerfen. Meine Eltern sind frustriert und enttäuscht – »Warum machst du das? Wieso schon wieder?« –, aber ich ignoriere sie. Wie gesagt, ich wehre mich nicht. Eine ganze Weile kommt es mir so vor, als hätte ich das einfach nicht drauf. In mir ist nur Wut und Angst, Hass und Liebe, eine große Leere und ein lautes Schreien, das keiner hören kann.

Aber wie so oft täusche ich mich. Ich kann mich sehr wohl wehren, in meinem Körper steckt eine enorme Widerstandskraft. Ich bin größer und mutiger, ein ganz anderer Mensch, als ich mir das bis jetzt eingeredet habe. Nur habe ich den Pfad erwischt, wo Dornen mir die Knöchel aufreißen und Schlingpflanzen meine Seele ersticken.

Ich werde nicht wieder nach Lime Grove eingewiesen. Meine Medikamente sind jetzt so dosiert, dass ich nicht mehr sabbere wie Brew und beim Schlafen keine Muskelkrämpfe mehr kriege.

Jacob besucht mich. Ich bin überrascht, wie sehr mir das hilft. Mir tut schon allein die Tatsache gut, dass er mir vertraut ist. Er bringt mich dazu, über Iris zu reden, und lässt sich erzählen, was ich getan habe. Es dauert, aber mit der Zeit wird das Monster leiser und leiser. Ich schaffe es, in meinem Zimmer auf dem Boden zu sitzen, wenn es Lügen in meine Ohren brüllt. Statt ihm zuzuhören, lache ich ihm in sein hässliches Gesicht und mache einen Fünf-Meilen-Lauf. Es geht nicht um Iris. Es ist nie um Iris gegangen. Um dieses Mädchen, von dem ich dachte, ich hätte es umgebracht, weil einem die Seele im Dunkeln Streiche spielen kann. Iris war nicht der Grund für meine Krankheit, nur der Auslöser. Dr. Flores, Emma, Will, Dr. Chance, Jacob – alle haben nur versucht mich so gut wie möglich zu unterstützen, damit ich die Wahrheit erkenne, aber geschafft habe ich es allein.

Falls jemand wissen will, was aus den schrägen und wunderbaren Leuten geworden ist, die ich in Lime Grove kennengelernt habe – damit kann ich leider nicht groß dienen. Ich weiß nicht, was mit Elle oder Harper passiert ist. Oder mit dem kleinen Will. Ich vermute mal, er ist immer noch in der Klinik, aber vielleicht bin ich zu pessimistisch. Womöglich wird er ja in ein paar Jahren Premierminister. Alice ist in ihre Magersucht zurückgerutscht, innerhalb von sechs Monaten war sie wieder in der Klinik, mit einem Schlauch in der Nase. Diesmal musste sie länger bleiben, ein Jahr lang habe ich nichts von ihr gehört. Inzwischen ist sie wieder draußen und ich glaube nicht, dass sie noch mal zurückmuss. Irgendwie wirkt es diesmal anders. Jasper hat gelernt zu frühstücken, er macht es jetzt jeden Morgen. Er hat einen Ausbildungsplatz und einen Freund. Ab und zu treffen wir uns noch. Neulich haben wir einen kleinen Ausflug zur *Mrs Moonshine*-Eisdiele gemacht. Jasper hat ein Eis mit Schokostreuseln gegessen.

Toby hilft mir, aber ein Wundermittel ist er nicht. So was gibt es nicht. Für meine Heilung bin ich selbst zuständig.

Er kann mich küssen, wir können uns gegenseitig küssen, er kann lachen und mir Witze erzählen, er kann mit mir laufen gehen. Er kann mir auch sagen, dass ich aufhören soll mich zu ritzen. Aber davon abhalten kann er mich nicht.

»Ich rauch nicht mehr«, verkündet er eines Tages, als ich ihm eine Selbstgedrehte anbiete, den Filter noch zwischen den Lippen.

»Wirklich?« Es fällt mir schwer, das zu glauben. Ich betrachte die Tabakflecken an seinen Fingerspitzen.

»Seit gestern. Ist nicht gut fürs Laufen.« Er gibt seine Sucht einfach so auf, mit einem Fingerschnippen, eine spontane Entscheidung. Keine Ahnung, wie er das schafft. Ich zucke mit den Achseln und drehe die Zigarette, zünde sie an und blase ihm Rauch um die Nase. Das macht ihm nichts aus.

Die Dinge ändern sich.

Eine Offenbarung ist es nicht. So läuft das nicht. Keine Rede davon, dass ich eines Morgens aufwache, das Licht durch die Vorhänge scheinen sehe, draußen ein plätscherndes Wasserspiel höre und mich auf einmal *lebendig* fühle. Das kommt erst viel später, nach vielen Tagen, an denen ich mich morgens zwingen muss, das Haus zu verlassen, weil ich mich viel lieber im Bett verstecken würde, nach vielen Gelegenheiten, bei denen ich mich unter der Dusche zweimal einseife, statt meinen Körper mit einer glatten Klinge in Fetzen zu schneiden, wie ich es gerne würde. Nach vielen Tagen, an denen ich mich nicht umbringe, sondern den Schmerz einfach aushalte – wenn ich mich nicht an ihn klammere, kann er mich auch nicht zerstören. Erst nachdem ich so herumgewirbelt und kaputt geschlagen worden bin wie Iris im Flussbett und danach jedes Mal wieder aufgestanden bin, kann ich sagen: »Ich bin hier, ich lebe und ich bin kein schlechter Mensch.« Und ich kann glauben, dass das die Wahrheit ist.

Jemandem, der nicht im Dunkeln untergegangen ist, kann ich nicht beschreiben, wie es sich anfühlt zu leben. Am Leben sein ist so rau und beängstigend, dass ich manchmal zurückblicke und das Dunkle mich lockt, zurückzukriechen und ihm wie früher zu Füßen zu sitzen. Manchmal gerate ich in Versuchung und gehe wirklich einen Schritt zurück. Aber am Leben sein ist auch unfassbar schön und voller Farben, und es gibt Tage, an denen ich vor Lachen kaum noch Luft kriege und mir fast der Bauch platzt vor Glück.

Ich bin stolz, weil ich mein Monster umgebracht und die Beweise dafür vernichtet habe. Weil ich der Dunkelheit, die mich töten wollte, ein Ende bereitet habe. Weil ich über hundert Stacheldrahtzäune gestiegen und der Hoffnungslosigkeit entkommen bin.

Ich verzehre mich nach dem Leben, egal wie verrückt es ist, und hoffe, dass es dir genauso geht.

# HILFSANGEBOTE FÜR JUGENDLICHE – ANONYM UND KOSTENLOS –

www.nummergegenkummer.de – 11 6 111 oder 0800/111 0 333
Sofortige Hilfe per Telefon oder E-Mail (Mo bis Sa: 14 bis 20 Uhr – samstags beraten Jugendliche).

www.telefonseelsorge.de – 0800/111 0 111 oder 0800/111 0 222
Rund um die Uhr Soforthilfe per Mail-, Chat- oder Telefonberatung.

www.hilfetelefon.de – 08000/116 016
Das Hilfetelefon »Gewalt gegen Frauen« bietet Mädchen und Frauen rund um die Uhr Telefon- oder Online-Beratung per Mail oder Chat in 17 Sprachen.

www.deutsche-depressionshilfe.de – 0800/33 44 533
Hilfe und Informationen zur Erkrankung Depression.

www.hilfe-in-der-krise.de
Sammlung von Hilfsangeboten und Informationen zu verschiedenen Erkrankungen und Krisen.

www.youth-life-line.de
Online-Beratung in akuten Krisen und bei Suizidgefährdung.

www.jugendnotmail.de
Austausch in Themenchats oder Einzel-Online-Beratung.

www.u25-deutschland.de
Mailberatung von ausgebildeten Gleichaltrigen und Informationen zu verschiedenen Themen sowie Standorte in zehn deutschen Städten.

www.borderline-borderliner.de
Informationen zum Thema Borderline mit Notfallanlaufstellen, auch in Österreich und in der Schweiz.

www.borderline-plattform.de
Informationen und Rat zur Erkrankung Borderline.

Österreich:
www.rataufdraht.at – 147
Rund um die Uhr, ohne Vorwahl, Soforthilfe am Telefon oder Chat-Beratung.

Schweiz:
www.147.ch – 147
Rund um die Uhr Soforthilfe per Mail-, Chat- oder Telefonberatung.

FSC
www.fsc.org
MIX
Papier aus verantwortungsvollen Quellen
FSC® C014496

Ein *Chicken House*-Buch im Carlsen Verlag

Originaltitel: On a Scale of One to Ten
Umschlagbilder: Volker Wille / Adobe Stock
Umschlaggestaltung: Vivien Heinz / Henry's Lodge
Aus dem Englischen von Beate Schäfer
Lektorat: Anja Kemmerzell
Layout und Herstellung: Derya Yildirim
Satz: Dörlemann Satz, Lemförde
Gesetzt aus der Sabon
ISBN 978-3-551-52111-8
Printed in Germany

www.chickenhouse.de